내가 1년동안
독서실 다녔는데
너가 그곳에 가고 싶다는
경찰대 가서도 열심히 공부해서
꼭 경찰관이 되라고ㅋㅋ
항상 열심히 하는 민수야
여자친구 생기길 바랄게♡
- 성찬이가 -

전국 중고생들의 학급 문집 글 모음

꾸물꾸물꿈

초판 1쇄 발행 · 2015년 7월 15일
초판 2쇄 발행 · 2018년 2월 26일

펴낸이 · 강일우
책임 편집 · 김은주 윤보라
조판 · 이주니
펴낸 곳 · ㈜창비교육
등록 · 2014년 6월 20일 제2014-000183호
주소 · 04004 서울특별시 마포구 월드컵로12길 7
전화 · 1833-7247
팩스 · 영업 070-4838-4938 / 편집 02-6949-0953
홈페이지 · www.changbiedu.com
전자우편 · textbook@changbi.com

ⓒ ㈜창비교육 2015
ISBN 979-11-86367-09-4   43800

신경림
서형오
양은희
오세호
최재봉
엮음

창비교육

　우리는 친구에게, 부모님께, 선생님께, 나아가 더 넓은 세상의 사람들에게 자신의 생각을 전달하고 싶은 욕구가 있습니다. 그런데 청소년들에게는 그런 기회가 많지 않습니다. 이에 창비는 2012년도부터 한겨레 신문사와 함께 '우리 반 학급 문집 만들기' 캠페인을 열어 청소년들이 자신의 목소리를 낼 수 있는 장을 마련해 왔습니다. 이 행사에 참여한 선생님들과 학생들은 1년간의 학교생활에서, 또 일상생활에서 만들었던 추억들을 한 권의 책에 담기 위해 노력했습니다.

　인생의 긴 여정에서 학창 시절의 1년이란 시간은 애써 챙기지 않으면 많은 부분을 잊어버리게 되는 짧은 시간일 수 있습니다. 그렇기에 '학급 문집'을 만드는 일은 작은 일에도 함께 울고 웃었던 정든 친구들, 그리고 선생님과의 소중한 추억이 기억의

저편으로 흘러가 사라지지 않도록 담아 두는 가치 있는 활동입니다.

『꾸물꾸물꿈』은 2014년 '우리 반 학급 문집 만들기' 캠페인을 통해 제작된 472권의 학급 문집에서 청소년들의 같고도 다른 마음이 담긴 89편의 글을 가려 모아 엮은 책입니다.

이 책에는 느리지만 꾸준히, '꾸물꾸물' 자신의 '꿈'을 향해 나아가는 청소년들의 진솔한 삶의 모습이 담겨 있습니다. 친구들과 함께하는 학교생활의 단상, 사랑의 색을 입힌 가족의 모습, 삶에 대한 성찰, 결코 호락호락하지 않은 사회에 대한 날카로운 외침이 가득합니다. 또한 세월호 참사의 아픔을 나누는 글도 실었습니다. 글이나 말로 표현한다는 것 자체가 크나큰 아픔이고 슬픔이었기에 많이 망설였지만 친구들이 겪은 비극에 함께 아파한 청소년들의 글을 남겨 더 많은 이들과 공유하고, 오래도록 기억하고자 한 까닭입니다.

　우리는 학급 문집에서 청소년만이 지닐 수 있는 진솔한 고민, 끈끈한 우정과 의리, 어른들의 마음까지 따스하게 녹여 주는 가족에 대한 사랑을 보았습니다. 그뿐만 아니라 어려운 고비마다 마음속에서 일어나는 고통의 덩이를 건강하게 뱉어 내는 모습에서 부끄러움을 느꼈고, 희망과 용기를 보았습니다. 그런 면에서 이 글들은 또래에게만 의미가 있는 것이 아니라 청소년들을 지도하는 교사나, 청소년들과 마음을 연 대화를 원하는 부모들에게도 그들의 싱그러운 내면을 보여 주는 거울이 될 것이라 믿습니다. 또한 많은 청소년들이 이 책을 읽고 자신이 보고, 듣고, 느낀 것을 글로 표현할 수 있는 자신감과 용기를 얻기를 바랍니다.

엮은이의 말

학급 문집을 만드느라 애쓴 전국의 선생님들과 학생들, 학급 문집을 읽고 좋은 작품들을 추천해 주신 심사 위원 선생님들, 수 개월에 걸쳐 작품을 고르고 엮는 작업을 함께한 창비교육 편집부의 힘을 모아 2014년을 노란 마음으로 물들였던 모든 분들께 이 책을 드립니다.

2015년 7월
엮은이 일동

차 례

알아서
하라더니
학교·친구

1

3

이러한 현실도
있다는 것
사회

특집 마음으로
전하는 글

1

알아서
하라더니 _학교·친구

학교란?

별의별 일이 다 일어나는 곳

인천 계산중 김환욱

매점 전북 정읍고 이신성

쉬는 시간이 되자마자
매점으로 달려갔다.

아이스크림을 사고
매점을 나와 보니

매점 앞에 도형이
현관 앞에 재학이
교실 앞에 동훈이

망했다.

우리들의 단편 시집

대구 경북여고 서세이, 우수아, 원희주, 윤승미, 하연정

오타 난 줄
알았는데…….

　　　　　　　　　　　　　　　－ 서세이 단편 시집 '성적표' 中에서

내가 그랬어.
네가 그랬듯.

　　　　　　　　　　　　　　　－ 우수아 단편 시집 '철부지' 中에서

실망할 걸 알면서도
매번
또 다른 희망을 가져.

> – 원희주 단편 시집 '다음 시간 뭐야' 中에서

설마
오늘이…….

> – 윤승미 단편 시집 '월요일 아침' 中에서

알아서 하라더니
왜 성질이니.

> – 하연정 단편 시집 '야자 종소리' 中에서

이 작품들은 하상욱 시인의 시집 「서울 시」에 실린 작품의 형식을 패러디하였습니다.

우리 반 인천안남중 강지혜

우리 반은 무지개
여러 색이 어우러져
아름다워 보이는 무지개

적극적인 수정이는 빨간색
따뜻한 서현이는 주황색
편안한 은지는 노란색
건강한 선미는 초록색

우리 반은 비빔밥
여러 재료가 어우러져
맛있는 맛을 내는 비빔밥

시원시원한 다인이는 콩나물

엉뚱한 설영이는 당근
독특한 이주는 고추장

우리 반은 돌담
서로 다른 돌이 어우러져
튼튼한 울타리가 되는 돌담

서로 다른 너와 내가
만들어 가는 우리 반은
서로 다른 보석들이 춤을 추는
보석 상자!

왔슈 충남 태안고 마길범

살갗을 찢을 듯한 추위는 끝났슈
손발이 시리던 겨울은 끝났슈
벚꽃이 부채춤 추는 봄이 왔슈
나와 봐유

따스한 햇살과 시원한 바람이 봄이유
나비가 춤추고 개나리 피어나는 봄이유
나들이 생각에 신이 났지만 현실은유……
자습이유

재수(裁收) 경기예고 김진태

一交始自考	일교시자고	첫 번째 만남에 비로소 스스로를 생각하고
異交始自顧	이교시자고	다른 만남에 비로소 스스로를 돌아보고
桊交始自固	삼교시자고	깊은 만남에 비로소 스스로를 굳힌다
瀉皎是玆柅佳	사교시자니가	쏟아지는 달빛이 보여 무성하고 무성하니 아름답다
漸深時間稔	점심시간임	점점 깊어지는 계절 사이 곡식이 익어 간다
悟交示專恭	오교시전공	깨달음을 만나 오로지 공손함을 보고

堉交示專功　　　육교시전공　　　기름진 땅을 만나
　　　　　　　　　　　　　　　　오로지 보람을 보고

七交示專悾　　　칠교시전공　　　일곱 번째(마지막) 만나
　　　　　　　　　　　　　　　　오로지 정성을 보고

莛刈稻霞梛佳　종례도하니가　　빽빽한 풀을 자르고
　　　　　　　　　　　　　　　　벼와 노을이 무성하니 아름답다

淅殖時懇稔　　　석식시간임　　　씻은 쌀이 늘어나는 계절
　　　　　　　　　　　　　　　　정성이 여물어 간다

책상 줄 맞추기 경기 고양 중산고 양지혜

나는 책상 줄 맞추기를 잘 못한다

그러니까
당신과 나를 한 줄로 정렬하는 일
하나의 선으로 우리가 꿰어지는 일
손이 맞닿은 채 서로 연결되는 일

교탁으로부터 날아드는 단어들
그중 하나를 낚아채 씨앗으로 삼고
이야기꽃을 피워 가는 일

책상에 우리를 빼곡하게 낙서하고
한 치의 불안 없이 나는 당신을 잘 안다고
웃음꽃을 터뜨리는 일

나는 늘 잘못한다

시험 경기 김포 양곡고 최현영

시험 보기 5분 전
내 심장은 양상추가 된다
쪼골쪼골 쫑닥쫑닥
아주 꽁꽁 오그라든다

시험지를 받는 순간
난 민들레씨가 되고 싶다
저 멀리 사뿐히 날아가 버리게

문제를 풀 때
내 손은 오토바이 모터로 변한다
두 두 두둥 덜덜덜
쉴 새 없이 떨어 댄다

시험이 끝나면
난 비누가 된다
미끄덩 푸슝 풍
놀이터, 친구 집
엄마의 손아귀를 잘 빠져나간다

상대성 이론 경기 군포 부곡중앙고 용홍주

줄어드는 시간
너와 함께 있으면
쏜살같이 흐르는 시간

뒤틀리는 공간
너와 함께 웃으면
우리 둘만 남겨진 세상

수축되는 길이
너와 함께 걸으면
너무 짧은 길고 긴 거리

증가하는 질량
너와 헤어질 때면

천근만근 무거운 두 발

너와 나
우리 둘만의 상대성 이론

커플만 읽을 수 있는 시   경남 김해분성고 윤준영

넌 읽을 자격이 없다

알아서 하라더니
학교·친구

그린 라이트 울산중앙여고 김효진

Q 얼마 전에 제가 다니는 수학 학원에 남자애가 한 명 새로 들어왔어요. 그런데 저를 자꾸 쳐다보는 것 같은 거예요…….

처음엔 친구와 공주병이니 착각이니 그러면서 넘어갔는데 점점 확신이 드는 거예요. 그 애와 저는 각각 왼쪽, 오른쪽 벽 쪽 자리에 앉는데 그 애가 벽 쪽에 등을 기대서 머리 방향을 제 자리 쪽으로 하고 저를 힐끔힐끔 쳐다보는 겁니다.

그래서 제가 자리를 바꿔 뒤쪽에 앉았더니 엎드려서 팔을 들어 그 사이로 또 힐끔힐끔 보고, 그 애 뒤에 앉았을 때는 가방을 의자 뒤에 걸고 뒤돌아서 가방을 자주 뒤져 보더라고요. 이거 그린 라이트인가요? (3반 H양 제보)

A 다양한 자세가 가능한 남학생이군요. 한국 무용 예술단에서 캐스팅하겠습니다.

우리 반의 가치 사전 <small>인천남동고 2학년 7반</small>

꿈   지금 내가 찾아야 할 것

배려   급식을 다 먹고도 다 먹지 못한 옆 친구를 기다려 주는 것

사과   하기까지는 너무 힘든데, 하고 나면 진즉 안 한 걸 후회하게 되는 것

신뢰   담임 선생님이 우리의 잦은 실수에도 우리를 끝까지 놓지 않으시는 것

양심   재원이를 노리고 담배 피운 사람을 물었는데, 걸리지 않은 유환이가 일어난 것

의리   야자 시간, 선생님께서 7반 친구들이 왜 이리 없냐고 물으실 때 모른다고 하는 것

조화   남녀 학생이 같은 교실에서 공부하는 것

평화   7반이 햄버거를 먹을 때의 고요함

희생   스마트폰 데이터가 많이 없는데도 친구가 여자 친구와 톡해야 한다며 핫스팟 켜 달라고 할 때 조용히 켜 주는 것

체육 시간 경기 군포 흥진중 박종은

　지루했던 3교시를 마치는 종이 울리고, 아이들은 약속이라도 한듯 교복을 체육복으로 갈아입으러 나갔다. 나도 친구들과 함께 옷을 갈아입은 후, 오늘 체육 수업이 열리는 강당으로 들어갔다. 선생님은 계시지 않았고 여자애들은 모여서 잡담을 하고 있었다. 나를 비롯한 몇몇 친구들은 농구공을 하나씩 집어 들고 농구 골대에 공을 던졌다. 체육 선생님이 오시자 우리들은 집합해 수업 준비를 했다. 저번 시간에 이어 수행 평가를 본다고 하셨는데, 농구 골대에 남자는 30초 동안 골 10번, 여자는 30초 동안 골 7번을 넣으면 만점을 받는 것이 평가 기준이었다. 여자 친구들은 바로 수행 평가를 보았고, 남자 친구들은 배구공을 집어 들고 우리들 방식대로 놀았다. 몇몇은 공을 발로 차서 바닥에 떨어트리지 않는 놀이를 하고 있었고, 몇몇은 농구 골대에 슛을 하고 있었다. 나는 농구 골대에 슛을 하기도 하고, 공을 제기 차듯 연속으로 차기도 하고, 공을 팽이처럼 손가락으로 빙글빙글 돌리기도 했다. 그러다가 (부끄럽지만) '공을 엄청 세게 차면 누군가 맞을까?' 하는 못된 생각이 갑자기 들어서 바로 행동으로 옮겼는데…… 그 결과는 나를 당황하게 하기에 충분했다. 높이 솟은 공이 강당에 걸려 있는 조명등 중 하나를 맞힌 것이다. 그리고 그 조명등은 꺼져 버렸고, 켜질 기미가 보이지 않았다. 이에 나는 '기물 파손죄로 경찰서에 가야 하나?', '선생님에게 혼나나?', '돈을 배상해야 하나?' 등등 오만 가지 생각을 5초 정도 했다. 그러자 내 앞의 친구가 내가 저지른 일을 봤다고 말하며 나에게 어찌할지를 물었다. 나는 15년 동안 살면서 손해 배상을 청구당하고 벌을 받는 한이 있더라도 일을 저지른 후엔 바로 선생님께 말씀드리는 게 가장 속 편한 일이라는 걸 깨달은 바여서 "당연히 말씀드려야지."라고 대답을 한 후 수행 평가를 진행하고 계신 선생님께 다가갔다.

"선생님, 바쁘신 와중에 죄송한데…… 제가 공을 찼는데 너무 높게 올라가서 저 조명등을 깨뜨린 것 같아요. 어떻게 하죠?"라고 물었다. 그러자 선생님께서 "괜찮아, 저거 껐다 켜면 다시 불 들어올 거야."라고 말씀하셨다. 그 순간 나는 마음속으로 정말 매우 다행이라고 생각하며 말로 표현할 수 없을 정도로 안심해 버렸다. 그리고 선생님께 감사하다는 인사를 하고 뒤로 나왔다.

그 후 집에 와서도 나는 그 일에 대해 계속 생각했다. 어쩌면 내가 그 조명등을 맞힌 것은 운이 나쁜 것이 아니라 운이 좋은 일이라고. 만약 내가 조명등을 맞히지 않고 처음 생각대로 사람을 맞혔으면 어땠을까? 나는 조명등을 맞힘으로써 아무런 책임도 지지 않았지만, 세게 정말 높이 찬 공이 사람에게 맞았다면 결과는 달랐을 것이다. 나는 10시간 정도 지난 그 일이 나에게 교훈을 새겨 준 일이라고 생각하며, 이 일에 감사하고 있다.

나한테 왜 그래 대구 시지중 주준하

내가 다 사 온 준비물
친구한테 빌려 주고 나면
친구가 망가뜨려 온다.
　　─나한테 원한 있냐?

내가 다 한 숙제
친구가 불쌍해서 빌려 주면
친구가 잃어버린다.
　　─나한테 왜 그래?

우리가 이기고 있는 게임
친구가 하고 싶다고
펄쩍펄쩍 뛰어서 시켜 줬더니
친구가 져서 돌아왔다.

─내가 그렇게 짜증 나?

그래도 친구와 우정이 있으니 한 번만 봐준다.

"네 이놈, 양심도 없냐? 돈이 없는 것도 아니고, 기억력이 나쁜 것도 아니고, 준비물은 왜 안 사 오는 거야?"
나는 오늘도 화를 낸다. 친구의 입은 굳게 닫혀서 움직이질 않는다. 나는 우정이 있으니 할 수 없이 준비물을 빌려 준다. 그리고 다음 시간, 내가 빌려 준 풀은 갈라져 있고 빌려 준 가위는 분해되어 있다. 화가 났지만 나는 많이 있었던 일이라 한 번만 더 봐주기로 하였다. 그런데 그 양심 없는 친구가 이번에는 숙제를 빌려 달라고 한다. 나는 화를 가라앉히고 숨을 깊게 내쉬었다.
"잃어버리지 마."
그리고 다음 시간이 되자 친구가 내게 왔다. 그런데 손에 아무것도 없다. 그래서 나는 친구에게 내 숙제 어디에 있느냐고 물어봤다. 그런데 친구는 아무 말도 하지 않고 고개를 저었다. 잃어버린 것이다. 나는 욕이 나올 뻔했지만 참았다.
"ㅅ…… 괜찮아. 다시 하면 되니까."
그리고 학교가 끝났다.

나는 게임을 하고 있었다. 그런데 내 친구가 갑자기 와서 다 이기고 있는 게임을 시켜 달라고 하였다. 나는 흔쾌히 시켜 주었다. 그리고 5분 후 다시 와 보니 이미 게임은 져 있고 친구는 내 뒤로 슬그머니 다가오며 미안하다고 하였다.

　　나는 짜증이 나서 한마디 하였다.

　　"나한테 왜 그래? 내가 그렇게 싫어? 내가 그렇게 짜증 나?"

　　그랬더니 그 친구가 울었고, 나는 미안하다고 괜찮다고 하였다. 나는 모든 것을 다 봐주었고 우정이 있으니까 그냥 기억 속에서 지웠다.

수제비 울산 학성고 홍준표

"율리에 수제비 잘하는 집 찾아냈다."

돌아오던 길 우연히 만난 중학교 동창인 친구가 나에게 말했다. 그의 말에 따르면 김치 수제비를 기가 막히게 잘하는 집이 있고, 그 집을 저번에 발견했다는 것이다. 산초를 넣어 알싸하게 끓여 낸 김치 수제비라! 까다로운 미식가인 그 친구가 내게 강력하게 추천해 줄 정도라면 구미가 당기고도 남을 지경의 별미일 것이리라. 나는 내일이 휴일이라는 사실에 감사하며 친구와 부리나케 약속을 잡으려 용을 썼다.

하지만 웬걸, 내 예상을 뒤엎고 이 잠꾸러기 친구가 아침 일찍 만나자고 한다. 겨울이라 해도 안 뜨는 여섯 시에! 점심때 먹을 것이라 예상했던 나는, 내일은 늦잠을 자고 싶고 겨울이라 아침에 움직이기도 힘들 텐데 왜 그렇게 일찍 만나느냐 물었지만 그 친구는 꼭 그 시간이어야 한다고 나에게 소리쳤다. 그렇게까지 말하니 거절할 수도 없고, 더군다나 오직 그 친구만 아는 곳이니

나로선 달리 방법이 없어 긴 생각 없이 그러려니 하고 승낙해 버렸다.

그리고 다음 날, 짜증 나는 알람 소리와 함께 다섯 시 반에 눈을 떴고, 친구가 말한 육천 원만 들고 집을 나섰다. 몽롱한 잠기운은 싸늘한 아침 공기에 스러져 가고, 소복이 쌓여 있는 눈들은 뜨거운 국물을 들이키게 하는 촉진제 역할을 톡톡히 해 주고 있었다. 그렇게 아침부터 뜨신 국물로 속을 적실 생각에 황홀해 하며 버스 정류장에 있던 친구를 만났는데…….

"율리까지 걸어가자."

'이렇게 일찍 나온 이유가 있었구나. 나쁜 자식아.'라는 생각이 절로 들었다. 말하자면 이러한 일이 처음은 아니었다. 예전에 친구들과 문수 구장에서 축구 경기를 보다가 경기가 11시 즈음 꽤 늦게 끝나는 바람에 다니는 버스가 없어 10명이 나란히 뛰어온 화려한 (……) 경력이 있다. 누군가 지금 돈을 내 손에 쥐어 주고 뛰라고 하면 그 돈을 들고 5km 정도 냅다 튀어 버리는 게 그날보다 수 배 정돈 덜 힘들 것이다. 그런 거리를 이 춥고, 눈도 쌓였고, 해도 안 보이는 이런 날씨에 걸어가자고? 말도 안 되는 소리였지만, 이놈의 자식은 날 그놈의 수제비를 핑계로 그 먼 길을 걷게 하려고 하고 있다. 짜증이 밀려 오고 내 표정은 부루퉁했지만 그 수제비 맛을 한번 보고는 싶어서 결국 친구 뒤꽁무니에 붙어 길을 걷기 시작했다.

그렇게 한 20분 정도 걸었나……. 길을 걷는데 갑자기 앞서 가던 친구 놈이 나를 보고 잠깐만 멈춰 서서 하늘을 보라고 했다. 모름지기 새벽의 가장 어두운 때는 해가 뜨기 직전이라고 하지 않는가. 나는 그날만큼 별이 총총 박혀 있는 밤하늘을 보지 못했다. 같이 보는 상대가 여자가 아닌 칙칙한 남정네 하나라서 좀 아쉬웠지만 가로등도 안 켜져 있는 고요한 새벽에 자수를 놓은 듯한 그 밤하늘은 우리의 넋을 빼 놓았다.

그제서야 나는 친구의 의도를 이해할 수 있었다. 이놈도 이 하늘을 보았기에 이런 이른 새벽에 나를 불러낸 것이고, 여러 가지 놓쳤던 풍경들을 나에게 구경시켜 주고 싶었던 것이다. 수제비는 그저 덤이었고 미끼였으리라. 그놈은 천천히 걸으면서 나의 표정을 보고 방긋 웃었다. '이제야 알았냐. 천치 놈아.'라며 일깨워 주는 듯한 그 표정에, 그런 말을 들어도 싸다고 느낀 나였다.

결국 수제비까지 다 먹고 집으로 돌아오는 버스 안에서 40분 정도를 잠에 빠져들었고, 집에 와서 다시 이불 속으로 파고들었다. 얼마나 피곤했던지! 그날 하루를 그냥 넘겨 버리고 다가온 월요일에서야 공허함을 느꼈지만, 그 매콤한 수제비와 풍경이 이내 그 자리를 메웠다. 그 후 후회하였던 것은 그날의 경치를 사진으로 남기지 못한 것이다. 그만큼 아름다웠던 그 경치는 돈

주고도 못 사는 것이었다. 그걸 나에게 소개해 준 그 친구 놈은 영원히 복 받을 것이다. 하지만 내가 얻은 것은 경치와 별미였던 수제비만이 아니었다. '매사에 느리게 살기, 대신 일찍 행동하기.' 이 두 어구를 내 뇌리에 새겨 준 그 친구를 위해서, 이번 겨울 방학에는 내가 수제비를 한 그릇 대접해야겠다.

비가 와도 매미는 운다 경기 고양 중산고 박이재

서울의 겨울은 겨울이 아니다. 서울의 겨울이란 다른 곳보다는 더운 편에 속하는 놈이었고, 그에게는 꼭 여름 장마를 떠올리게 했다. 녹아 짓밟힌 잿빛 눈들이 길가에 굴러다니는 것이 질척질척 더러운 빗물과 다를 바가 없다는 점에서 갓 상경한 소년은 미간에 주름을 잡았다. 사실 그에게 서울이란 도시가 처음은 아니었지만, K 자신이 태어나기까지 한 곳치고는 그렇게 별다른 감정이 들지 않았다. 그는 앞으로 다니게 될 학교 앞에서 걸음을 멈추곤 주머니 안 손가락을 꼼지락거렸다.

다소 연혁이 있어 보이는 학교 정문에는 '면월(蝒樾) 중학교'라고 쓴 금속 문패 같은 것이 붙어 있었다. 다른 사람의 눈에는 그저 그런, 칙칙하고 낡아 빠진 학교였지만 K는 물끄러미 그 학교를 바라보며 생각했다. 이런 곳이라도 다행이라고.

워낙 제 집안이 이사가 잦은 탓에, K에게 이번 전학은 그리 특별한 일도 아니었건만 이 일을 반기게 된 사유는 명백했다. 그에게 있어서 저번 학교는 지독히도 기분 나쁜 곳이었던 것이다. 정확히는 그 학교에서 만난 놈들의 탓으로, 무심결에 K는 인상을 찡그렸다. 그래, 계집애들이건 사내놈들이건 하나같이 저를 괴롭히며 수군수군하는 것이 썩 불쾌했더랬다. 그리고 그것이 '학교 폭력'이라는 이름으로 불리는 것인 줄 안 것은 시간이 좀 지난 다음의 일이었다. 그래서 K는 지독히도 우울해 빠진 그곳을 한시바삐 떠나고 싶은 맘에 공연히 제 부모에게 이사에 관한 일을 은근히 떠보기도 했었다. 그리고 한참 시간이 흐른 끝에 그렇게 결정된 곳이, 바로 이곳이다.

K는 주위를 휘 둘러보았다. 낡았지만 고풍스러워 보이는 건물, 넓은 운동장. 분위기는 고루하다면 고루하지만 그것 역시 나름의 전통이 아닐까 — 여기서 그는 드물게도 긍정적인 시선을 보냈었다 — 하여 학교는 제법 K의 맘에 들었다. 그는 밤색 목도리 안으로 더욱 고개를 움츠리며 제 입에서 뿜어 나가는 흰 숨을 응시했다. 그리고 그 흰 숨이 꼭 미래에 대한 자신의 기대감 같다는 생각을 했다.

그리고 과연 그의 바람대로 면월 중학교의 개학은 빠르게 다가왔다. K는 교복 주머니에 손을 찔러 넣고 유리창 너머에 붙은 표를 들여다보았다. 까만 활자가 그가 3학년 4반에 배정되었음을 알려 주고 있었다. 그는 의도적으로 천천히 계단을 오르며 이런저런 생각을 떠올렸다. 과연 문은 어떻게 열어야 할까, 어느 자리에 앉아야 하는 것일까. 워낙 귀찮은 일을 질색하는 그의 성정에도 불구하고 역시 새 학년의 첫날은 누구에게나 긴장되는 법이라, K 역시 몸을 뻣뻣하게 굳히고 생각에 집중하지를 못했다. 더구나 K 자신은 전학 꼬리표가 붙은 외돌토리가 아니던가. 이미 3학년 정도면 아는 놈들은 다 아는 사이일 터, 과연 그 틈으로 비집고 들어가 교우 관계를 원활히 다질 수 있을지……. 그의 불친절한 걸음걸이는 그의 의식의 흐름을 전혀 배려하지 않았던 탓에, 어느새 K는 교실 문 앞에 당도해 있었다. 깊은 심호흡을 한 후, K는 결국 문을 밀어젖혔다. 몇 쌍의 까만 눈동자들이 자신 쪽으로 향했다가 다시 앞으로 돌아갔다. 그는 견딜 수 없는 불안감을 느꼈지만 내색하지 않으며 약간 뒤쪽의 빈자리에 앉았다. 곧이어 나이 든 선생이 들어오고, 출석 확인이 시작되었다.

정신적 피로라는 것은 이런 것이구나, 새삼 실감하는 K는 샤워기에서 쏟아지는 물줄기를 맞으며 무거운 피곤함을 단 몇 그램이라도 덜어 낼 요량으로 잠시 눈을 감았다. 소나기 같은 물줄기에 머리에서 샴푸 거품이 흘러내렸다. '전학 첫날치곤 나쁘지 않았지.' 그는 그렇게 되뇌었다. 그래, 나쁘지 않다. 무엇보다도 그는 친구를 사귀는 데 성공한 것이다. 스스로도 믿어지지 않는 일이었다. 다른 아이들은 삼삼오오 모여 즐거이 수다를 떨고 있는데 전학생인 그만은 아는 이 아무도 없이 일 교시, 이 교시가 끝날 때까지도 여전히 혼자 뻣뻣하게 앉아 펜만 돌리고 있었기에 더더욱 그랬다. 결국 불안함을 이기지 못하고 다리까지 달달 떨고 있을 때, 뒤에서 어떤 손짓이 그의 주의를 끌었다.

"저기."

어깨를 톡톡 건드리는 자못 조심스럽고도 어딘가 결단력이 느껴지는 그 행동에 — 지금 생각해 보면 그 손짓에는 일말의 비장함마저 깃들어 있었으리라 — K는 고개를 돌려 뒷자리를 바라보았다.

"안녕."

뭐야, 이놈은. K는 멍하니 그 손짓의 주인을 쳐다보았다. 안경을 쓰고, 약간 마른 체격의 소년이었다. 하지만 그에게 깊은 인상을 주었던 것은 그 안경에서 풍기는 어딘가 도회적인 이미지나 심지어는 글방 도련님 같은 인상이 아니었다. 그것은 그 유리알 너머의, 깊고 건조한 눈동자였다. 뭔지 모를 감정이 소용돌이치는 그 홍채에 순간 압도당한 K는, 미처 자신이 아직 인사에 대답을 하지 않았다는 것을 떠올리곤 머뭇거리며 입을 열었다.

"어, 어. 그래."

"혹시 전학생? 우리 학교에서 본 얼굴이 아닌 것 같은데."

안경을 쓴 소년은 그다지 얼굴을 움직이지 않고 말을 이었다. 자신이 전학 왔다는 것이 그렇게 티가 났나 싶어 K는 얼굴이 시뻘겋게 달아오르려는 것을 참고 고개를 끄덕였다. 그리고 — 참으로 이상하게도 — 동시에 건너편 소년의 안색이 확 밝아졌다.

"그래? 정말로? 언제 전학 온 건데?"

"여기 겨울 방학 중에."

"그럼 학교는 오늘이 처음?"

"그런 셈이지."

고개를 끄덕이며 K가 말을 이을수록, 소년의 얼굴에는 점점 웃음이 번져 갔다. 내색하지 않으려는 것이 보였으나 이미 눈빛에는 호의적인 기운이 감돌았다. 그에 K는 천천히 몸에서 긴장을 풀고 상대 소년을 찬찬히 뜯어볼 여유를 갖추었다. 어디 하나 교칙에 어긋나는 구석 없이 단정히 차려입은 것이 그 소년의 평소 행실을 말해 주는 것 같았다. 필시 학생부나 성적 9등급 따위와는 거리가 먼 녀석일 터였다. 겉옷 명찰, J라는 이름이 똑똑히 새겨져 있었다.

"그럼 여기 아는 사람도 없겠네."

소년은 고개를 돌려 교실을 한 바퀴 쓱 둘러보더니 말했다. J의 말투에서 '여기'는 지금 이 한 반뿐만이 아니라 이 학교 전체임을 K는 곧 깨달았다.

"완전 처음이니까."

K는 솔직하게 인정하고 넘어가기로 결심했다. 이런 곳에서 어쭙잖게 객기를 부려 봤자 득이 될 것 같지는 않았다. 직감적으로 파악할 수 있는 그것은 그의 짧은 열여섯의 인생이 가져다 준 얼마 되지 않는 능력 중 하나였다.

"그럼 오늘 같이 점심 먹을 사람도 없겠네."

그럼에도 불구하고 이어져 나온 주제는 다소 민감한 부분이었지만, K는 이번에도 인상을 찡그리는 대신 솔직함을 택했다. 묘하게도 그는 이런 부분에서는 지조가 있었다.

"말하자면…… 그렇다고 할 수 있지."

"그래. 그럼, 같이 먹을까?"

K는 순간 제 귀를 의심했다. 하지만 의심보다 더 먼저 찾아온 것은 오늘 화기애애한 반 안에서 홀로 점심을 먹지 않아도 된다는 안심, 즉 현실적인 안도감이었다. 그리고…… 그 이후는 무슨 이야기를 했더라, K는 수도꼭지를 꽉 잠그며 머리에서 물기를 털어 냈다. 무슨 이야기를 나누었는지조차 생각이 나지 않을 정도였다. 하지만 뭐 어떠랴. 중요한 것은 J도, 나눴던 잡담도 아니고 바로 그 자신의 안도이거늘. 그리고 곧이어 이 현실에 자신이 안주할 수 있음에, K는 쓰러지듯 고개를 묻었다.

얼마 지나지 않아 K 자신의 예상 — 혹은 모종의 기대감은 — 곧 사실로 나타났다. 그의 생각대로 그 안도감은 곧 본격적인 교류로, 교류는 우정으로 이어지기 충분한 것이었다. 다만 한 가지 특이한 것이라면 사내놈들끼리 우정이니 친구니 하는 낯간지러운 단어는 적어도 두 세기 전이 아니고서야 입에 담기 힘든 것이었건만 뭐라 딱 꼬집어 말하기 어려운, 소심하달까, 세심한 구석이 있는 이 J라는 안경잡이는 때때로 그런 간질거리는 말을 아무렇지도 않게 내뱉곤 하는 것이었다. 그뿐이랴, K가 진정으로 불편스럽게 여기는 것은 J의 고분고분한 태도였다. 허우대도 멀쩡한 놈이 왜 곱살스런 계집애마냥 무얼 하자는 말에는 무조건 '응, 응.' 하는 꼴이냐는 말이다.

하지만 그게 뭐 어쨌냐는 것이지. J, 그러니까 '안경잡이 조'는 어디 한구석 어긋나는 데 없이, 소동을 일으키며 소란을 일삼는 무리와는 거리가 있었고 그로 인해 자신을 귀찮게 하지도 않았다. 되레 K 자신이 모르는 것이 있으면 이것저것 편히 물어보고 털어놓을 수 있는 상대였다. 애초에 교우 관계를 의도적으로 관리하고 신경 쓰는 부류가 아닌지라, 예나 지금이나 친구는 한두 명이면 족했다. 그렇듯 K는 지금 J와 단짝패를 이룬 이 생활이 너무나 만족스러운 나머지 머리에 별다른 것을 집어넣을 수 없었다. 아니, 그러기 싫었다. 그리고 그런 태평스런 나날은 지속되어, 중간고사도 소풍날도 마치 빗방울처럼 쏜살같이 지나갔다. 순식간에 벚꽃은 지고 낮이 길어졌다.

그리고 열기를 가득 머금곤, 뜨거운 여름이 마침내 시작되었다.

맴, 맴, 맴. 무더운 계절. 여름 한낮. 작열하는 태양이 내리쬐는 곳은 어디건 곧 사람의 그림자가 사라지고, 텅 빈 매미의 울음소리만이 남게 되었다. 그것은 비록 한창 혈기 왕성할 때인 열여섯의 남자아이들도 이기지 못한 바로, 역시 까만 그들의 머리카락을 질리게 하는 데는 충분한 것이었다.

K 역시 여느 학생들과 다르지 않게 학교에서의 여름을 나고 있던 차였다. 셔츠 칼라를 느슨히 풀어헤치고, 차가운 물을 목덜미에 적시던 그는 오늘 J에게 좀 더 자기주장을 가지는 편이 좋겠다는 말을 하려고 벼르고 있었다. 그 자식은 내가 말하면 무조건 다 예스란 말이지, 꼭 자기 생각은 하나도 없는 것 같잖아. K는 속으로 툴툴거리며 앞머리를 적시다 문득 거울 뒤편으로 저를 바라보며 수군거리는 한 무리를 마주했다. 최근 자신을 보며 이것저것 말하는 무리가 있다는 것은 알고 있었지만, 어차피 할 일 없는 누군가의 입에서 나온 시시껄렁한 별 볼 일 없는 내용일 성싶었다. 하지만 이렇게 계속되는 일이라면 사정이 다르다.

과연 무슨 일인지, 그는 물을 잠그며 귀찮은 일에 얽히기 싫다는 본능적인 직감으로 자리를 서둘러 뜨려고 했다. 하지만 저쪽이 먼저 선수를 쳤다.

"어이. 거기, 너."

뒤에서 자신을 부른 것은 부 활동에서 몇 번인가 마주쳐서 안면이 있는 녀석이었다. 분명 이름이…… 잘 생각나지 않는다. K는 살짝 얼굴을 딱딱하게 굳히곤 뒤를 돌아보았다. 오래된 직감에 따라, 이런 경우는 대개 그다지 좋은 내용은 아니란 것을 눈치채고 있었다.

"뭐."

이런, K는 순간 속으로 숨을 헉 들이켰다. 상상 이상으로 퉁명스레 나온 대답에 K 본인도, 그 상대인 녀석도 약간 놀란 눈치였다. 하지만 곧 제정신을 가다듬으면서, 이 기묘한 대화는 재개되었다.

"아니, 몇 가지 물어볼 게 있어서 말이지."

"뭔데, 그래?"

"너, J랑은 왜 붙어 다니는 거냐?"

저쪽으로부터 날아온 생각지도 못한 질문에 K는 어안이 벙벙해 미간을 찌푸렸다. 붙어 다닌다니, 이게 지금 장난하나. 너 같으면 미인을 좋아하는 이유를 대라고 하면 댈 수 있겠냐, 한마디

쏘아붙여 줄 생각으로 입을 연 K는 곧 황망히 눈을 뜨고 꿀 먹은 벙어리가 될 수밖에 없었다.

　"그 새끼는 작년부터 친구 하나 없는 놈이었는데 어디가 좋다고."

　그럴 리가. K는 교실로 발걸음을 옮기며 현실을 부정했다. 그 자식이 나에게 거짓말을 했을 리 없잖아. 아무리 생각해도 이상했다. 아니, 어쩌면 자신도 이미 눈치채고 있었을지도 모르는 일이었다. 자신이 저번에 혹시나 하는 마음으로 "너 혹시 따돌림당한 경험 있냐."라고 물어봤을 때 약간은 딴생각을 하며 대답을 한 것만 같은 것이 그래, 못내 마음에 걸렸더랬다. K는 약간 멍한 상태로 계속 발걸음을 옮겼다. 교실로 가는 텅 빈 회색 콘크리트 복도가 끝없이 늘어지는 것 같았다. 아무리 걷고 걸어도 J가 있는 교실 문까지 도달하지 못했다. K는 어질어질한 머리를 붙잡고 우뚝 걸음을 멈췄다. 그럼 그 자식은 날 진심으로 대한 것이 아니었네. 그는 한바탕 비웃기라도 하고 싶은 심정이었다. 그래, 조 녀석에게 필요했던 것은 자신이 아니라 그저 쪽팔리지 않게 옆에 세워 둘 트로피 장식품이었단 말이지. 이런 걸 '이득을 위한 친구'라고 하던가. 그래서 그렇게 나를 옆에 붙잡아 두려고 내가 하는 말이면 다 오케이, 자기에 대해서는 한마디도 안

했던 거구만. K는 입술을 비틀며 웃었다. 화를 내면서도 실컷 웃고 싶은 기분이었다. 그가 유독 전학생인 자신에게 유난히 친절히 굴었던 것부터가 이제 K에게는 믿을 수 없는 일이 되었다. 그리고 그런 녀석과 친하게 지내던 자신을 주변 놈들은 또 어떻게 봤을까. 하지만 분노와 실망을 넘어 무엇보다도 K는 두려웠다. 이번에도 자신은 다시 겉돌고, 잘 모르는 놈들의 구설에 오르며 온갖 누명을 쓰고, 좋지 않은 소문을 달고 다니는 것이 두려웠다. 점심을 혼자 먹게 될까 두려웠고 아무도 자신에게 시험 범위가 바뀐 것을 말해 주지 않을까 두려웠다. 아니, 그는 저번 여름이 또다시 반복될까 그것이 두려웠다. 그는 마른세수를 하며 앞을 보았다. 회색 복도의 끝이 보이지 않았다. 속에서 치미는 시꺼먼 감정과 현실의 온도 차이가 K의 귀에 이명이 되어 울렸다. 맴, 맴, 맴.

까만 짐승이 우는 소리가 여름을, 복도를 가득 채웠다.

그 이후로 일이 어떻게 되었는지는, 그와 만난 첫날만큼 잘 생각이 나지 않는다. 단 하나 확실하게 말할 수 있는 것은 K 자신과 J의 관계가 예전 같지 않다는 것, 그것도 부정적인 방향으로 바뀌었다는 것뿐이었다. 다만 K는 새로운 친구를 사귀었고, 이제 더 이상 J가 최근에 읽은 책이 무엇인지, 어떤 음악을 듣게 되었는지 모르게 되었다. 단짝패라고 생각했던 순간은 빛이 바랬고 채울 수 없는 거리감이 그 자리를 대신 메웠다. 그리고 그것은 K 자신이 안경잡이 조에 관한 것이라면 무조건 피하는 것 때문인지도 모르는 일이었다. 마침내 그는 J의 신발을 숨김으로써 관계에 종지부를 찍는 듯했다. 배신감과 분노, 실망감이 얼룩진 그 회색 복도를 볼 때마다 K는 뱃속 깊은 곳에서 토기가 밀려왔지만 이제는 간단히 비웃으며 그 복도를 걸을 수 있었다. 그것은 모두 안경잡이 조를 괴롭히는 일에 가담한 이후에서부터였다. 양심의 가책을 느끼지 않는 바는 아니었으나, K는 쉽사리 그를 무시할 수 있었다. 그래, 자신이 택할 수 있는 선택지는 애초에 그리 많지 않았던 것만 같다는 생각에 그는 사로잡혔다.

시간은 무색하게도 흘러, 어느새 추적추적 창밖에는 먹구름이 진을 치고 있었다. 유리창에 부딪히는 빗방울들이 더없이 구슬픈 생각을 자아낼 만한, 어두운 회색 하늘들이 계속되었다. 여름 장마였다.

K는 갈색 머리카락을 헤집으며 침대에 털썩 쓰러지듯 누웠다. 그래, 더 이상은 무리다. 그는 J도, 최근 어울리게 된 무리들도, 검은 눈을 한 학교의 까만 짐승들도 보기 싫었다. 이 썩은 그늘 냄새가 나는 학교에서 벗어나 다른 학교로 간다면 나아질 텐데. 그는 가장 현실적이고, 또한 가장 이기적으로 생각했다. 그

래, 곧 졸업이다. 고등학교 입학이 머지않은 지금, 조금만 더 버티면 이 관계를 청산하고 새 시작을 할 수 있으리라. 그는 베개에 고개를 파묻고는 눈을 감았다. 다른 곳으로 가서 새 시작을 할 수 있을까. 이 검은 그늘에서 벗어날 수 있을까. 이 이명에서 벗어나, 매미들의 울음소리에서 벗어나, 다시 한 번 더 여름을 가져 볼 수 있을까.

소년은 교문을 넘고선 교정에 발을 디뎠다. 오늘로 고등학생이 되었다는 생경함은 누구에게나 똑같은 법일까. 고교 입학을 축하한다는 촌스러운 현수막이 걸린 곳으로 소년은 발길을 돌렸다. 하지만 몇 걸음 가기도 전에 그는 문득 발걸음을 멈추고 뒤를 돌아보았다. 아직 찬바람이 부는 계절인데, 귓가에서 느껴진 그 뭔지 모를 흐릿한 열기는 대체 무엇이었을까. 소년은 고개를 돌리고 그 자리를 떠났다.

그렇게 다시 한 번, 무더운 날의 계절은 반복된다. 아무것도 사라지지 않은 채로, 매미가 우는, 그 비 오는 여름이 다시.

바람에 쓰는 편지 부산 장안제일고 박준우

　다 같이 달음산에 올라가 사진을 찍은 게 정말 엊그제 같은데 어느새 시간이 이렇게 지나갔네. 1년이 너무 짧지 않냐? 이제 겨우 정드니까 다 헤어져야 할 시간이잖아. 시간은 쏜 화살보다 빠르다는 말이 있지만, 이건 뭐 화살이 아니라 총알보다 빠른 것 같은데. 아예 학교를 떠나는 건 아니더라도 꽤 많이 아쉽네. 나중에 졸업할 때 되면 어떤 기분이려나.

　이런 저런 일들이 정말 많았는데 말이야. 우리 그래도 뭐 되게 많이 했다. 사진도 많이 찍었고. 달음산 내려오면서 밥버거랑 컵라면 먹었는데 그렇게 맛있을 수가 없었지. 합창하면서 다들 노래 실력도 많이 늘었고, 밥상 조회 때마다 다들 와구와구 먹어 대고. 서라 쌤도 오셔서 한동안 같이 웃으며 지내고. 선생님이랑 점심 같이 먹으면서 이런저런 얘기도 하고. 선생님께서 싸 오시는 도시락 정말 맛있지 않았냐? 언제 한번 빚 갚으러 가야 되는 거 아닌가 싶은데……. 지금 문집 일도 되게 바쁘지만 즐겁게 하고 있지. 참, 그런데 내가 왜 문란 1위로 뽑힌 건지 누가 설명 좀 해 줘라.

다들, 함께 지내 온 시간에 후회는 없는지? 후회가 없다면 즐거웠다는 뜻일 거고, 후회가 있다면 앞으로 성장해 나갈 수 있다는 뜻이겠지. 너희들한테는 미안한 것도, 고마운 것도 너무 많아. 그래서 시간을 되돌리고 싶지만 지금에 감사하며 살아야겠지. 맨날 내 고집만 피우고, 되지도 않는 헛소리에, 이상한 짓만 하고 다니는 데다가, 말도 함부로 하고, 어딘가 차갑고 딱딱하고, 다른 사람들 배려하는 게 너무 부족해서 많이 미안하다. 그런데 너희는 그런 나를 따뜻하게 받아 줬어. 그래서 정말 고맙다. 너희들 보며 정말 많은 것을 배우고 깨달았어. 함께한다는 것이 무엇인지 배우고, 정의라는 것이 무엇인지 배우고, 열심히 산다는 게 무엇인지 배우고, 좁고 편협한 사고방식을 바꿀 수 있게 되었고, 너희의 무수히 많은 그 대단한 능력들에 감탄과 부러움과 즐거움을 느끼며, 사람의 마음과 감정이 얼마나 소중하고 강력한지 비로소 깨달을 수 있었어. 내가 받아도 될까 싶을 정도로 너무 고마운 일들이 많았다. 정말 너무 많았어. 사실 미안한 일도 고마운 일도 더 있지만 다들 말하지 않아도 서로 알고 있으리라 생각해서 이 정도만 적을게.

그냥 어느 날 문득 든 생각인데……. 어쩌면 우리 이 인연들은 모두 필연이 아니었을까. 언젠가 다가올 시련에 대비해 신이 우리에게 마련해 준 안식처가 아니었을까. 나는 운명론자도 아니고 무신론자이지만 가끔 그런 생각을 해. 어떻게 그 많은 경우의 수 중에서 우주의 티끌보다 작은 확률을 뚫고 이렇게 다 같이 모일 수 있냐는 거지. 지금 명품 1반을 이루는 사람들 중 누구 하나라도 빠진다면 지금처럼 따뜻하고 즐거운 우리 반이 될 수 있었겠냐는 거지. 그 일어날 수 없는 일이 이렇게 일어난 지금이 분명 행운이라는 거야. 정말 말로 표현할 수 없을 정도로 나는 다행스럽게 생각해.

잘 살아라, 얘들아. 계속 이어 나가고 싶은 연이 있지만 아마 힘들지 않을까 싶어 하는 말이야. 이제껏 나는 누군가를 더 특별히 생각하는 마음이 잘못된 거라 믿고, 누군가의 행복을 빌어 주는 걸 많이 꺼려 왔지만, 너희들 보고 잘 살라는 말 한 마디 안 하기에는 내가 너희들을 참 좋아한다. 그러니까 너희들은 꼭 행복해야 해. 돈을 많이 벌라거나 성공하라는 말이 아니라, 좋은 사람 만나 하고자 하는 일 하며 삶의 소소한 일상에 감사하고 작은 행복들을 계속 느끼길 바라는 거야. 부디 지금 내가 행복한 만큼만이라도. 뭐, 너희는 대단한 녀석들이니 나는 내 걱정이나 먼저 해야 할지 모르겠다. 그래, 그러니까 제발 행복하게 살아. 부디 안 좋은 일 없이 행복하기를 기도할게.

따뜻하고 포근했던 꿈에서, 이제 깨어날 시간이 다가오는 걸까. 깨고 싶지 않은 꿈인데, 어쩔 수 없는 거겠지. 나는 너희 덕분에 욕심을 가지고 좀 더 열심히 살아 보려고 해. 분명히 너희를 다시 만나기 위해서는 지금보다 몇십 배는 열심히 해야겠지. 언젠가 분명 우리는 다시 만날 거야. 다들 어떻게 살고 있을지 기대되는구만. 이 문집도 한 몇십 년 갈 거 아닌가? 그때 모두 함께 모여서 읽어 보자. 이런 말은 하기 쑥스러워서 안 하려고 했는데, 그래도 이런 말 지금 아니면 언제 해 보겠냐. 사랑한다. 우리 명품 1반, 그리고 지금 우리를 있게 해 준 모두들.

우리가 걸어갈 길은 서로 다르겠지만, 모두 같은 하늘 아래서 살아가기를.

2 익숙한
신발 한 켤레 _가족

가족이란? →

더울 때 수영장, 추울 때 패딩

인천 계산중 박서현

엄마 경남 남해고 박현영

꽃은 하늘을 바라보고
나비와 사랑을 나누며
바람에 흔들리지만

흙은 꽃이 흔들리지 않도록
붙잡아 줌을
이 세상에 피어나는 모든 꽃들은
잊으며 살아가나 보다

세월이 지나
꽃이 한 줌 흙 되어
또 다른 꽃을 품으니

흙도 한때 꽃이었음을

붕어빵 경기 안양 관양중 정주예

동생과 옹기종기 앉아
곧 오실 아버지를 기다린다
멀리서 가까워지는 자동차 소리

돌아오신 아버지 품에는
향긋한 냄새 살살 풍기며
붕어 그림 하나 그려져 있는
두툼한 종이봉투 하나

맛있겠다!
붕어빵
쬐깐한 붕어빵
커다란 붕어빵

머리부터? 꼬리부터? 옆구리부터?
고민하다 호호 불어 먹으면
온몸에 따뜻한 기운이 감아 든다

그렇게 먹던 붕어빵이
어찌 그리 맛있던지
꼭 붕어빵에서
우릴 위한 아버지의 마음이 느껴지는 것 같아
더 따뜻한 겨울이었다

요리 실습 충북 영동 상촌중 배예영

미리 받아 놓은 따뜻한 물에
냄새만 맡아도
전통적인 손맛이 느껴지는
빠알간 고추장과
보석같이 반짝거리는
새하얀 설탕을
휘리릭 섞어 넣는다

그렇게 섞고, 젓고, 졸이면,
제법 그럴듯한,
보기만 보면 맛있어 보이는
나만의 떡볶이가 완성된다

설거지한 내 손에서

엄마의 손 냄새가 난다
기름과 여러 가지 음식 냄새가 맡아지는,
살짝 눈물 고이는
손 냄새다

우리 동네 SM 광주 양산중 김시원

우리 동네 SM
카트를 밀고
인생을 담는다.

과자도 담고
라면도 담고
인심도 담고
정성도 담는다.

엄마가 만들어 주신
떡볶이의 추억을 담고

친구들과 소풍 준비하는
우리들의 추억을 담는다.

새로운 추억을 담기 위해
동생과 장을 보러 떠난다.

선유도 전북 군산영광중 양채연

출렁거리는 배
비릿한 바다 냄새
철썩철썩 물이 튀고
멀미에 시달려도
파도에 머리를 박아
꽃게와 마주쳐도
먹을 게 별로 없는
민박집 낯선 잠도
설렘 가득
가족 여행

익숙한 신발 한 켤레
가족

봉숭아 <small>전북 전주여고 김민영</small>

매앰매앰
매미 소리 잦아드는

살랑살랑
바람이 불어오는
선선한 늦여름

토독토독
활짝 핀 꽃 씨방
씨앗이 터진다.

꽃을 따며
할머니와 오순도순

손톱에 물들이며
엄마와 오순도순

조심히 잠든 후 일어나면
내 손에는 예쁜 봉숭아꽃이
활짝 피어 있다.

붉은 날 부산영선중 안수현

동생의 다리에서 붉은 눈물이 흘렀다.
푸르렀던 수영장은 붉은 물결이 치고
사람들의 웅성이는 소리가
나에게 가시가 되어 박혀 왔다.

집에 오는 길
푸른 하늘에는 붉게 노을이 지고
세상이 빠알갛게 물들었다.

집에 와서 동생 방을
멍하니 쳐다보았다.
동생이 있던 방은 검은 그림자만 남아
나를 반겨 주었다.

아버지의 시집 서울 용문고 박상우

이천오백 원이란 책값에
피시식 웃다가
스무 살 아버지가 남긴
메모를 발견한다.

"나를 기만하는 것은 자유롭게
체념은 부자유 속에서"

나도 스물이면
폼 잡고
두두둑 떨어지는 낱장 시집을 들고
허영의 머리카락 날리며
낡은 것은 존엄하다 말하겠지.

글자마다 담긴 냄새가
따뜻하다.
버리지 않고 간직한 이유는
가는 길도
사랑했기 때문이리라.

마음 아픈 수(手) 전남 보성 벌교여고 김승은

문득 내 손에 잡힌 아빠
내 두 손으로 쓰다듬어 본다.
투박하기도 하고 단단하기도 하다.

자랄 줄 모르는 손톱
둥글둥글 만져진다.

살과 살 사이에
검은 돌들은 빠질 줄 모르고 자리 잡는다.

순간 스쳐 지나가듯
악수하는 듯이 내 손에 잡힌 엄마
울퉁불퉁 마디마디가 점점 굳어 가 펴질 줄을 모른다.

살과 살 사이에
향수 냄새 대신 흙 냄새가 내 코에 닿는다.

나는 그 손들을 놓을 수 없었고
그 손들을 보면서 내 마음도 그 손과 같아진다.

백구 인천진산과학고 권민철

시골에 작고 낡아 빠진 할머니네 집
그리고 그것과 닮아 버린 내 할미

낡은 접시와 수저로 밥을 자셔도
손자들은 언제나 은접시 은수저

옷 하나 사실 때도 십 분여간 흥정을
하지만 손자들에겐 선뜻 몇만 원을

그 할머니네 집에 어린 백구 한 마리
이름도 없었지만 가족들에게 예쁨 받고

할머니는 핀잔을 주면서도 백구 애교에
자신이 아껴 먹던 주전부리도 선뜻 주시고

한 달에 한 번은 당신도 비싸다고
자시지 않던 고기를 선뜻 구워 주시며

일 년에 한 번은 당신도 아깝다며
받지 않으시던 건강 검진을 받게 하시고

그렇게 애지중지 키우던 그 개 한 마리
할머니가 가시며 내게 남긴 생명 하나

백구는 자신을 데리고 가기 위해 온
나를 물고 할퀴며 자신의 자리를 지켰다

마치 누군가를 기다리는 듯이
자신의 자리에 잠자코 앉아 있는

그 백구의 모습에 왠지 눈물이 났다
백구에게 이야기해 주고 싶었다

아니 나에게 이야기하고 싶었다
이제 영영 돌아올 사람은 없다고

나는 무언가를 잃어버린 것처럼 초조해졌고

백구의 긴 울음이 왠지 슬프게 들려왔다

익숙한 신발 한 켤레
가족

부모님의 손 광주 대자중 김세훈

모든 부모님들의 손은 자식들 키우시느라 망가지기 일쑤이다. 나는 우리 부모님의 손을 주제로 나의 생각을 써 보려 한다.

먼저 엄마의 손이다. 우리 엄마의 손은 푸석푸석하고 조금 노란빛을 띤다. 아마도 우리를 키우시느라 그런 것 같다. 내가 어렸을 때부터 엄마는 일을 하셨고 밤늦게 돌아오실 때가 많았다. 아마도 나를 위해 돈을 벌어야 해서 일을 하신 것 같다.

동생이 태어나고 나서도 엄마는 일을 계속하셨다. 동생이 태어나면서부터 돈이 더 많이 필요해 일을 그만두시지 못한 것 같다. 예전부터 쭉 일을 하시고 쉬지 못한 엄마의 손은 푸석푸석하고 안 좋은 빛을 띠는 게 당연한 것 같다.

이번엔 아빠의 손. 아빠의 손은 작고 뭉툭하면서 굵다. 예전부터 아빠는 전기에 관한 일을 하셨다. 그러다 보니 손이 굵어지는 게 당연하다. 그리고 돈을 더 벌기 위해 이제는 다른 지역으로 가셔서 주말에만 오신다. 그래서인지 모르겠지만 아빠는 주

말이면 집에서 소파에 누워 자거나 TV를 보는 시간이 많다. 게다가 요즘에는 토요일에도 늦게 오신다. 일이 더 많이 생겨서 바쁘신 거다. 그래서 일요일에는 더 움직이기 싫어하시는 것 같다. 하지만 아빠도 엄마가 힘든 것을 알기에 집안일을 도와주신다. 그래서 아빠 손도 엄마 손 못지않게 많이 푸석푸석하다. 하지만 나는 아빠의 손을 부끄러워하면 그건 자식이 아니라고 본다.

　세상 모든 부모님들의 손은 우리 부모님 못지않게 많이 안 좋으실 것이다(아닌 사람도 있겠지만……). 그래도 나는 우리 부모님의 손이 부끄럽지 않고 자랑스럽다. 나를 잘 키워 주신 흔적이니까.

그리움 인천 영흥중 김동현

　초등학교 1학년이 되고 2~3개월 후에 있었던 일이다. 나는 평소와 같이 TV를 보고 있었는데 갑자기 어떤 아저씨들이 들어와 내 옷가지와 아빠, 누나의 짐을 가지고 갔다.

　나는 왜 그러는지는 몰라서 그냥 TV만 보고 있었는데 30분 정도가 지나자 아빠가 고모 집에 가자고 하시는 것이다. 나는 그때까지 고모를 만나 본 적이 없었고, 이상한 기분이 들어서 엄마랑 같이 있겠다고 하였다. 그러자 아빠는 버럭 화를 내시며 이제 엄마랑 같이 안 산다고 하셨다.

　나는 아빠가 화내시는 것에 놀라서 뒷말을 이해하지 못했고, 무서워서 빨리 가려고 했다. 그런데 엄마가 나갈 준비를 안 하시는 것이었다. 그래서 갈 준비를 안 하느냐고 물어봤더니 이제 엄마를 못 본다는 것이었다. 그 말을 듣고 나는 신발장에서 펑펑 울다가 잠이 들었다.

　잠에서 깨 보니 나는 아빠 차에 누워 있었다. 아빠는 내가 울까 봐 장난감을 주었다. 나는 엄마한테 잘 있으라는 말도 못 하고 친구들에게 인사도 못 했다. 엄마한테 잘 있으라는 말을 못 한 게 지금도 후회스럽고 생각하면 눈물이 날 것 같다.

얼마 전에 아빠한테 들은 이야기인데 엄마와 헤어지기 전에 아빠가 점쟁이한테 가서 내가 아빠를 무서워한다고, 좀 친해지고 싶다고 했다고 한다. 그래서 그 점쟁이는 무언가를 하고, 우리 집에 와서 나한테 아빠 무릎에 앉아 보라고 하니 내가 앉았다고 했다. 그 점쟁이가 나와 아빠는 가깝게 했지만, 아빠와 엄마는 멀어지게 한 것 같다. 나는 그게 다 내 책임인 것 같아서 죄송스럽다.

엄마

죄송합니다
인사드리지 못해
죄송합니다

연락할 방법이 있지만

어색하고 속상해서
하지 못합니다

언젠가는
용기를 내어
꼭 하겠습니다

우리 형 대구 시지중 안상현

　어느 비 오는 날, 공부를 잘하는 것 같지만 못하는 나의 형이 과자를 좀 사 오라고 해서 학원 수업을 마치자마자 돈을 가지러 집에 갔다. 근데 하는 말이 "과자 안 사 왔나?" 이런다. 기분이 나빴다. 돈 가지러 학원 마치고 바로 뛰어왔는데 보자마자 저 소리로 반긴다. 그럴 때마다 짜증이 났다.

　그로부터 1년 후 형이 군대 갈 때였다. 그때는 정말 좋았다. 이제 심부름도 안 해도 되고, 내 돈도 안 날리고, 학원 마치고 친구들이랑 놀 수도 있고, 생각만 해도 너무 좋았다. 그런데 막상 형이 군대 가는 날엔 좀 섭섭했다. 생각해 보면 형이 나에게 잘 해 준 것도 많은데……. 막상 형이 군대 들어가는 날이 되니 나 혼자 잘 살아 보려나 생각했던 어제가 비참했다. 군악대의 연주가 끝나고 형이 군대에 갔다. 기분이 묘했다.

　일단 다음 날은 월요일이어서 집에 와서 일찍 잠을 잤다. 학교에 갔다 왔는데 좀 쓸쓸했다. 집에 오면 형이 웃으면서 맞아 주었는데…….

(3개월 후)

드디어 형이 휴가를 나왔다. 나는 울면서 형에게 안겼다. "형!" 그러자 형도 반가웠는지 나를 안아 주었다. 형을 태우고 집에 와서 오랜만에 배달 음식도 같이 시켜 먹고 과자도 먹고 음료수도 먹고 거의 파티를 했다. 그때 형이 "야, 동생. 나가서 과자 좀 더 사 와."라고 했다. 일단 나는 사 왔다. 오랜만인데 안 사다 줄 수가 있나.

(2년 후)

형이 군대에서 제대하고 다시 대학에 다닐 때가 되자 또 심부름이 시작되었다. 엄마, 아빠는 공부 안 할 거면 좀 도와주라고 하신다. 공부 못하는 게 잘못인가? 나는 마음속으로 생각하면서 심부름을 했다. 집에 오니 엄마가 우유가 없다고 다시 좀 사 오래서 나는 또 마트로 갔다. 아, 얼마나 고달픈지. 형을 다시 군대에 보낼 수도 없고……. 그러나 방법은 언제나 있다. 내가 군대를 일찍 가는 것이다.

사소한 것에서 느낀 고마움 서울 청원여고 이수아

　나는 고마움이 가장 익숙해지기 쉬운 감정이라고 생각한다. 누군가가 나에게 친절해지면, 내가 거기에 고마워하며 감사를 표현한다. 그러나 그 친절이 계속된다면 무의식적으로든 의식적으로든 나는 그것을 당연하게 여기게 된다. 식사를 하려고 의자에 앉으면 식탁 위에는 언제나 수저가 가지런히 놓여 있다. 그리고 누군가가 떠 온 물 한 잔을 나는 당연하다는 듯이 마신다. 야간 자율 학습을 마치고 집에 가면 늦은 시간임에도 불구하고 아무도 잠자리에 들지 않고 있다.

　사소한 것은 당연한 것이다. 그건 의식적으로 하는 배려를 무의식적으로 당연하게 받아들이는 것이다. 사소한 것은 가장 큰 것이다. 이 역설은 내가 직접 경험함으로써 그 안에 진실을 품고 있다는 것이 증명되었다. 혼자 식사를 할 때는 텅 빈 반대편에 큰 구멍이라도 뚫린 듯이 허전하다. 이미 수저의 사소함은 편리한 배려가 아닌 누군가와 같이 식사를 한다는 안도감의 상징이 되었다. 열한 시의 귀가에도 꺼지지 않고 있는 형광등의 불빛은 저 안이 텅 비어 있지 않을 것이라는 기대감이다. 나는 어느 날부터 내 생활의 사소함들을 그렇게 참 고마워하게 되었다.

내 동생의 설정은 사실 그렇게 유쾌한 것이 되지는 못한다. 가끔 안하무인의 행동을 보이는 연년생의 동생은, 그렇지만 가끔씩 나를 감동시키기도 한다. 몇 년 전 나와 내 동생은 같은 수학 학원에 다니기 시작했다. 아파트에 있는 학원이라서 원생들은 신발을 현관에 벗어 놓고 들어가야 했다. 하지만 다른 곳과 비교해 다를 게 하나 없는 가정집의 현관은 한 번에 들어가 공부하는 십여 명 원생들의 크고 작은 신발들을 전부 품고 있기에는 부족했던 모양이다. 그래서 우리는 들어올 때 벗을 자리와 나갈 때 신발 두었던 자리 찾기를 퍽 귀찮게 여겼다. 내 신발을 찾는 것도 일이었지만 찾아도 그건 이미 현관을 탈출해 문밖에서 뒹굴고 있거나 제자리에 있더라도 뒤집혀져 납작해진 것을 집어 들어야 했다. 이것은 지겨웠던 문제 풀이가 끝나고 날아가는 듯한 마음으로 나오던 내 얼굴을 굳히는 그런 짜증이었지만, 밖으로 나오면 이내 잊는 관계로 그 당시 나에게는 제대로 인식조차 되지 않은 상태였다. 그러나 어느 날부터 나는 현관에서 더는 찡그리지 않게 되었다. 한 쌍의 운동화가 현관 바로 앞, 다른 신발들이 진창을 만들고 있는 가운데 군계일학처럼 정형을 유지하고 눈에 잘 띄게 놓여 있던 것이다. 더 이상 나는 고개를 숙여 내 신발을 찾지 않아도 되었다. 첫 번째로 발견했을 때 꽤나 이상하게 여겼던 것이 기억난다. 아무것도 특정지을 수 없어 난 그저 고개를 갸웃거리며 나갔고, 마법의 문 밖을 나가자 언제나처럼 잊어버렸다. 앞에서 말했듯이 뭔가가 계속되면 당연해지기 마련이고, 내가 무의식적으로든 의식적으로든 취했던 반응은 바로 그것이었다.

그러나 나는 발견했다. 평소보다 학원이 일찍 끝난 날, 현관에 익숙한 등이 보이던 것을. 허리를 구부린 채, 동생은 내 신발을 손에 들고 있었다. 그리고 난 아무런 말도 할 수 없었는데, 그건 내 동생도 마찬가지인 듯했다. 그 침묵과 그 뒷모습에서 나는 내가 무슨 일을 했는지 알 수 있었다. 사소함은 곧 당연한 것이지만 모순적으로 그 사소함은 당연해지면 안 된다고 생각한다. 당연해지지 않은 사소함은 보다 더 큰 것, '고마움'으로 다가오기 때문이다. 하지만 나란히 집에 걸어가는 길에서도 나는 쑥스러운 마음에 뒤로 손을 깍지 끼고 고맙다는 한 마디 말을 툭툭 던지는 것밖에는 방법이 없었다.

내가 발견한 사실들 중 가장 중요한 것은 한 번 사소함이 당연한 것이 아니라는 걸 깨달으면 그것을 실천할 수도 있게 된다는 것이다. 이틀 후 학원에 갔을 때, 수업이 끝나고 언제나처럼 지겨움에서 해방되어 신발을 찾는데 거기엔 신발 한 켤레가 가지런히 놓여 있었고, 나는 웃었다. 난 신발을 신고 나갔지만 전과는 다르게 저 안에서 있었던 일을 잊지는 않았다. 저 안에는 분명히 익숙한 신발 한 켤레, 나뒹굴던 그 신발이 가장 눈에 잘 띄는 곳에 보기 좋게 놓여 있을 것이다. 내가 행한 사소함의 결과가 말이다.

내일 아침의 기상을
고대하는 사람 제주 남녕고 김민경

어제 하루 종일 비가 퍼붓더니 오늘은 너무도 화창하다. 친구들은 한바탕 내린 비가 세상의 모든 먼지를 닦아 냈는지 공기가 맑다는 등 싱그럽다는 등 여고생다운 호들갑을 떨며 맑은 날을 만끽하였지만, 난 오히려 강하게 내리쬐는 햇살 때문에 도무지 얼굴이 펴지질 않았다. "야야, 오늘 네 얼굴은 후기 인상파가 다 됐다야. 얼굴 좀 펴라."라는 친구의 농담에도 여전히 내 얼굴은 구겨진 채였다. 사실 내가 인상을 쓰는 것은 날씨 탓이 아니다. 괜히 해를 가지고 운운하는 건 속 좁은 내가 드러나는 게 싫어서 한껏 핑계를 대는 것이다. 그만큼 요즘 나의 기분은 내내 완전 다운이었다.

중학교 때부터 나는 집안일을 잘 돕는 동생과 늘 비교되었다. 나와 동생을 비교하는 사람들도 싫었지만 무엇보다 동생이 너무 얄미웠다. 부모님이 안 계실 때는 밥 차리기, 설거지 등 집안일을 누나라며 나에게 몽땅 다 떠넘겼으면서 막상 엄마가 들어

오시면 쪼르르 옆으로 다가가서 "엄마, 뭐 도와드릴 거 없어요?"라고 상냥하게 묻는 동생……. 어떻게 그런 동생이 얄밉지 않을 수 있을까. 동생의 행동은 마치 다른 사람들이 내가 전혀 엄마를 돕지 않는 것처럼 생각하도록 만들었다. 화가 나서 그런 동생과 다투게 되면 집안 분위기가 엉망이 되기 일쑤였고 그때마다 엄마의 기분도 심하게 망가졌다.

그런데 바로 지난 주 교회에서 돌아오던 차 안에서, 나는 늘 있는 사소한 일로 다시 한 번 기분이 상하였다. 할아버지께서 종종 내게 하시던 말씀을 또 혼잣말처럼 하신 것이다.

"민경이 너는 집안일을 할 줄 몰라서 걱정이다." 그 말을 들은 나는 그동안 쌓인 감정에 복받쳐 "설거지는 자주 해요."라고 퉁명스럽게 한마디 대꾸했다. 그러자 바로 엄마가 "네가 설거지를 자주 한다고?"라며 빈정대듯 말씀하셨다. 나는 엄마의 반응에 무척 속이 상했다. 나름 집안일을 많이 돕는다고 생각하고 있는 내게는 정말 섭섭한 이야기였으니까 말이다. 언제나 엄마를 도와드릴 의향이 충분히 있건만, 엄마마저 내 마음을 몰라주고 나를 엄마께 일거리만 늘어놓는 철부지 딸로 여기시는 것 같아 마음이 너무 갑갑했다. 분명 할아버지는 엄마의 이야기를 듣고 예나 지금이나 전혀 집안일을 돕지 않는 손녀로 나를 바라보실 게 분명했다.

그날 밤 엄마께 나의 불편한 속내를 다 털어놓았다. 아니, 조금 더 정확히 표현하자면 엄마한테 일방적으로 짜증을 냈다. 옆에서 듣고 있던 동생은 또 누나가 엄마 마음 불편하게 하고 있다며 부채질을 해 댔다. 기분을 풀어 보려고 시작한 이야기가 결국 동생과의 다툼으로 번졌다. 지진이 났나 싶을 정도로 심한 동요와 함께 한참을 소리 지르며 펑펑 울어 댔다. 기운은 다 빠졌지만 후련하기도 하다는 생각이 들었을 때쯤 엄마가 나를 부엌으로 부르셨다. 그리고는 식탁에 단둘이 앉아 한참 이야기를 나누었다.

긴긴 이야기 끝에 내가 깨달은 것이 몇 가지 있는데 그 첫째는 우리 가족 어느 누구도 나를 동생과 비교한 적이 없다는 것이다. 곰곰이 돌이켜 보니 비교를 한 것은 정작 나 자신이었다. 나보다 집에 있는 시간이 많고 또 매사에 살갑게 보이는 동생을 어쩌면 나는 경계하고 질투하고 있었던 것이다. 그리고 또 명확한 것은 정말 난 집안일을 잘 돕지 않았다는 것이다. 그러나 그것은 내가 우리 집에 대한 관심과 부모님을 돕고 싶은 마음이 없어서는 전혀 아니었다. 고등학생이 되었다고 밤늦게 돌아오는 나를 안쓰럽게 생각하신 부모님의 배려 때문이었다. 내가 집안일을 돕는 것보다 그 시간에 10분이라도 더 쉬길 바라셨던 것이다. 나도 그러한 부모님의 마음을 모르지는 않았지만 당연하게 받아들인 것이 내 스스로에게 섭섭함을 키운 것이다. 오히려 감사함을 가졌다면 마음이 포근했을 것을.

잠자리에 누우니 지난해 1박 2일로 떠났던 인성 수련 중의 한 순간이 떠올랐다. 하루 일과를 마치고 친구들과 함께 강당에 모여 잠자리에 들기 전 부모님을 생각하는 시간이 주어졌는데 그때 보여 주셨던 영상, 그것은 '강심장'이란 TV 프로에 나온 조혜련이 눈물로써 자기 아버지에 대한 이야기를 하는 대목이었다. 그것을 보는 동안 정말 엄마 생각을 많이 했었고, 영상이 끝났을 땐 내 얼굴 역시 눈물범벅이 되어 있었다. 좋은 게 있으면 당신보다도 우리 자식들을 먼저 챙겨 주시는 엄마, 날마다 이른 출근으로 바쁘시지만 우리의 아침밥을 챙기시려고 4시 30분이면 어김없이 일어나시는 엄마. 사실 따지고 보면 나보다도 수면 시간이 더욱 부족하실 엄마께 나는 어떤 효도를 얼마나 하고 있을까를 생각했던 시간이었다. 더구나 내가 무심코 엄마를 대했던 모든 행동들이 엄마와 나의 관계를 서먹하게 단절시키고 있는 것은 아닐까 돌아보기도 했다.

주말이면 가족과 보내기보다는 친구들과 놀기에 급급했던 나였음에도 이런 나를 콕 집어 이야기하시는 할아버지께 내 진상이 드러날까 싶어 엊그제까지도 오히려 볼멘소리로 짜증을 냈던 나. 동생과 친하게만 지내도 부모님 마음을 편하게 해 드렸을

터인데 누나로서 조금 더 포용력을 발휘하지 못했던 나. 부모님의 모든 보살핌과 가르침에 감사함이 아닌 당연함을 느꼈던 나. 그리고 또…….

'풍수지탄'이라는 말이 있다. 효도하고자 할 때에 이미 부모님이 돌아가셔서 효를 다하지 못하는 슬픔을 뜻하는데 인성 수련 때 본 영상에서 조혜련이 흘린 눈물은 어쩌면 풍수지탄에서 비롯된 것일지도 모른다. 조혜련뿐만 아니라 많은 사람들이 부모님이 돌아가신 후에 그동안 효도를 하지 못한 것에 대해 후회하는 이야기를 종종 한다. 나도 지금처럼 지낸다면 나중에 틀림없이 후회를 하게 될 것이다. 부모님이 고등학생인 내게 갖는 바람을 나는 잘 알고 있다. 소매를 걷어 올리고 설거지하는 것을 바라시지도 않고, 아르바이트를 해서 가정 경제를 돕는 것은 더더욱 아니고, 그저 항상 웃는 얼굴로 감사하며 지내길 바라신다. 부유하지는 않지만 넉넉한 마음으로 동생과 의좋게 지내고, 주어진 내 자리에서 열심을 다하여 생활하길, 성적 때문에 각박하게 지내는 것이 아니라 친구들과 경쟁하는 상대가 아닌 함께 돕는 사회의 일원으로 지내길, 그래서 내가 늘 행복하고 풍족한 마음이길 바라시는 것이다. 그게 지금 내가 할 수 있는 최선의 효도임을 나는 안다. '잠자리에 들 때 내일 아침의 기상을 즐겨 고대하는 사람은 행복하다.'는 카를 힐티의 이야기가 떠오른다. 내일 아침엔 다시 활짝 해가 떠오를까? 갑자기 한껏 하늘을 향해 미소 지을 나를 상상하니 기분이 좋아진다. 글을 쓰다 보니 지금 이 시간 나는 내일 아침의 기상을 고대하는 사람이 되었다.

할머니 댁 강원 원주여고 김경임

추석에 할머니 댁에 갔다. 할머니 댁 옆의 논에는 여름 동안 푸르렀던 벼들이 점점 고개를 숙여 간다. 그 위에 잠자리 떼가 돌아다니는데 조금 징그러울 정도로 많다. 그런데 올해는 고추 잠자리가 잘 안 보인다. 생태가 나빠지고 있는가 보다.

대문을 들어서면 길을 따라 조그마한 꽃밭이 보이는데 코스모스가 피어 있다. 그리고 그 밑에는 클로버가 있는데 네 잎 클로버보다는 세 잎 클로버가 많다. 예전에 네 잎 클로버를 발견하고 꺾은 적이 있었는데 그 순간에만 행복했다. 시들어 가는 네 잎 클로버를 볼 때마다 괜히 꺾었다는 생각이 자꾸만 들었다. 네 잎 클로버한테 미안했다.

그 옆에는 2층으로 올라가는 계단과 할머니의 광이 있다. 곧 그 광에는 고구마가 쌓일 것이다. 그때는 노동력이 많이 필요해서 우리가 할머니를 돕는다. 좁아 보이던 할머니의 고구마밭이 그때는 엄~청 넓다.

계단을 지나면 대추나무가 서 있다. 이번에도 대추가 주렁주 렁 열렸는데 아직 빨갛지 않다. 달지도 않아서 먹기가 좀 그렇 다. 작년에는 많이 먹었는데, 아쉽다.

딱 오른쪽으로 돌면 할머니 댁 안으로 들어가는 문이다. 그 옆 을 지나치면 학기 중에는 학생들이 사는 방들이 있다. 할머니는 남학생이 들어와서 사는 게 낫다고 한다. 머리가 긴 여학생들은 물을 너무 많이 써서 조금 쓰는 남학생이 좋단다.

그 앞에는 수돗가가 있는데 할머니네 앞집에 살았을 때의 어 느 여름에 동생이 거기 옆에 개구리알을 받아 놓은 적이 있었다. 그런데 뒷다리가 다 자라고 앞다리가 날 때쯤이어서 너무 징그 러워 동생 몰래 물가에 다시 버렸다. 그때 동생이 나를 많이 원 망했었다.

수돗가를 지나쳐 '직진!' 하면 옛날 화장실 위에 장독대가 있 다. 어렸을 때는 장독대에 올라가는 계단이 너무 높고 구멍이 뽕 뽕 뚫려 있는 철 계단이라 무서웠는데, 지금은 흔들흔들거려서 무섭다. 계단 앞에는 호박이 자라고 있는데 할머니가 호박이 많 다며 한 아름 따 주셔서 호박전을 자주 먹어야 했다. 좀 질리지 만, 그래도 맛있다.

다시 왔던 길을 되돌아가 대문을 나가면 뒷산과 할머니 밭이 보인다. 전형적인 시골의 아름다운 경치이다. 그걸 볼 때면 마음이 편안해진다.

　뒤를 돌아서 대문을 보면 눌러도 아무도 받지 않는 초인종과 내 옆에 없는 할아버지의 이름 석 자가 달려 있다. 그 앞에는 내가 있다.

지워 버리고 싶은 지우개 부산 신선중 임재형

'그땐 그렇게, 또 그땐 그랬었지.'라고 생각해 본 적 있는가? 누군가는 '그땐 그랬지.' 하며 지난날을 그리워하고 또 그 일을 회상하며 미소 지을 수 있을 것이고 또 어떤 이는 '그땐 그렇게……' 하며 지난날을 후회하고 눈이 어두워질 때도 있을 것이다. 나는 지금 '그땐 그렇게……' 하며 그리워했던 아니 그리워하고 있는, 또 울고 후회하고 있는 나의 이야기를 살포시 이 글에 담아 보려 한다.

운동회를 즐겁게 하고 친구들과 놀다가 학원을 다녀오니 어머니께서 "할아버지가 위독하시다. 빨리 씻어라."라고 말씀하셨다. 씻고 나와서는 "할아버지 많이 아파요?"라고 철없이 물어보았다. 그러자 엄마는 "할아버지…… 할아버지가 돌아가셨다고!"라고 눈시울을 붉히며 아니 눈물을 보이시며 큰소리로 말씀하셨다.

순간 나는 이게 무슨 소린가 하는 생각이 들었다. 난 어제도 할아버지를 뵈었는데……. 어제 운동회를 못 보러 갈 것 같다고, 미안하다고, 잘하라고, 그렇게 말씀하셨는데. 어제 그리 말씀하시던 할아버지가 돌아가셨다니……. 아직도 기억난다. 택시를 타고 병원에 가던 길, 마치 내 눈에 고였던 눈물과 수많은 생각들을 대신해 주듯 비가 내렸다. 병원에 도착하니 고개를 숙인 삼촌이 의자에 앉아 계셨다. 삼촌은 우리를 어떤 방으로 안내했고 거기서 난 절대 잊지 못할 충격적인 장면을 보았다.

어제까지 살아 계시던 우리 할아버지가 누워 계신 것 아닌가? 너무도 편안히 누워 계셔서 할머니께서 손을 잡고 울고 계신데도 난 믿기지 않았다. "할아버지!" 하고 누워 계신 할아버지를 불러 보아도 나에게 돌아오는 대답은 없었다. 맨날 내가 가면 "우리 손자, 밥은 먹었나?" 하고 말씀해 주시던 우리 할아버지가 대답이 없었다.

그때서야 난 알게 되었다. 우리 할아버지께서 진짜 돌아가신 거라고, 정말 이제는 대답이 없을 것이라고. 나는 할아버지 손을 꼭 잡지 못 하였다. 난 왜 그때 할아버지 손을 꼭 잡지 못 했을까? 난 사랑한다 말했지만 그 사랑이 부족했나 보다. 그리고 나는 애써 괜찮은 척했었다. 장례식장 가는 길, 아까보다 더 큰 비가 내렸다. 가족들은 하나같이 창밖을 봤고 말이 없었다.

장례식장에 도착하고 시간이 지나니 가족들과 친척들이 모였고 모두가 어떤 방으로 들어갔다. 그 안에는 어떤 창이 있었고, 또 안쪽에 방이 하나 더 있었다. 그 방에 할아버지가 계셨다. 어떤 한복을 입고 계셨던 것 같다. 그때서야 나는 참았던 눈물을 흘렸다. 할아버지께 다가가니 할아버지의 코와 입에 하얀 실리콘 같은 것이 있었고, 가족들은 모두 소리 내어 더 크게 울었다. 할아버지는 뭔가 차갑게 굳어 있는 듯했고, 난 그제야 할아버지의 손을 꼭 잡아 보았다. 그게 마지막으로 느낀 할아버지의 손이었다.

그러고는 어떤 양복쟁이 남자들이 우리를 창이 있는 옆방으로 안내했고, 우린 그곳에서 할아버지를 보며 손수건이 다 젖도록 한없이 울었다. 다시 장례식장으로 돌아와서는 다들 마음을 가라앉히고 영정 사진을 바라보고 있었다.

그때 나는 할아버지의 영정 사진을 보고 이런 생각을 했다. 평소 장난을 많이 치시던 할아버지가 나중에 '뿅' 하고 나타나서는 "뭘 울고 있니? 장난친 거야."라고 말씀하시지 않을까? 아니, 지금 생각해 보면 난 그러길 간절히 바랐던 것 같다.

셋째 날 마지막 밤, 훌쩍이며 잠을 자다 일어나서 보니 코에서 코피가 나고 있었다. 코피를 한 삼십 분은 흘린 것 같다. 그치고 나니 잠이 안 와서 밖으로 나왔다. 영정 사진을 보고, 정말 나는 소리 없이 한참을 울고 또 한참을 울었던 것 같다.

그리고 다음 날 난 할아버지의 환한 모습이 담긴 마지막 사진을 들고 검은 차에 올랐다. 가는 길, 이젠 볼 수 없다는 마음에 차오르는 눈물을 억지로 머금으며 참아 보았다. 화장터에 도착하고 할아버지를 감싸 안은 관이 어떤 굴로 들어가는 순간 나는 참았던 눈물을 보였다. 아니, 하염없이 울었다. 그리고 할아버지의 관이 사라지고, 어떠한 제를 올리며 아빠랑 삼촌이 처음으로 눈물을 보였다. 그리고 아빠가 말했다. "다시 태어나도 저는 아버지 아들로 태어나겠습니다. 아버지 아들로 태어나서 기뻤습니다. 행복했습니다." 난 그 말이, 그 말투 하나하나가 2년이 지난 지금도 정말 생생하게 기억난다. 그게 지금까지도 나에게 보인 아빠의 처음이자 마지막 눈물이었다.

　　그리고 다음날 낚시를 무척이나 좋아하던 할아버지의 뜻대로 제주도 추포도 앞바다로 날아갔다. 거기서 하얀 가루로 남은 할아버지를 내 손으로 떠나보내는 순간 또 한 번 울컥하는 마음을 추슬렀다. 이제 그 바다는 할아버지가 되어 남았다.

　　돌아오는 길 비행기에서 난 아무런 생각 없이 돌아왔던 것 같다. 그리고 돌아와서 나는 이야기를 들었다. 할아버지가, 할아버지가 날 찾으셨다고. 돌아가시기 전에 날 찾으셨다고. 내가 놀고 자빠져 있을 때 할아버지는 마지막으로 날 찾으셨다고……. 그 이야기를 듣고 난 내 자신에게 너무나도 화가 났다. 그리고 후회했다.

　'전화 한 통이라도 더 해 드릴걸.' 하고 많은 생각들이 오가다 문득 그 생각이 났다. 여름에 텐트 치고 옥상에서 자자고, 다락에서 자리 깔고 자자고 하셨던 할아버지와의 그 약속이 생각났다. 약속을 못 지킨 내가 정말 미웠다. 할아버지와 함께 놀던, 목욕탕에 가던, 토마토 따 먹던, 자리 펴고 이야기하던 그 기억 하나하나가 잊히지 않아서일까? 나는 할아버지를 그리워하고 할아버지와의 추억을 되새겼다.

　그런데 어느 날부터인가 내 머릿속에서 할아버지의 모습이 흐려지는 것이 아닌가? 그럴 때마다 난 정말 서글픈 눈물이 흐르고 소리 내어 울고 싶다. 내 머릿속에서 날 그리도 사랑해 주시던 할아버지가 잊힌다는 그 자체가 날 너무나 힘들게 한다.

우리 엄마는 미혼모 충북 청주 원봉중 전여원

나는 중학교 1학년 학생인 이혜민이다. 지금부터 내 비밀을 알려 줄까 한다.

난 우리 엄마가 너무 싫다. 우리 집은 가난하다. 그리고 우리 엄마는 19살에 나를 낳은 미혼모이다.

나는 오늘도 어김없이 핸드폰에서 흘러나오는 엑소 오빠들의 '으르렁'을 들으며 잠에서 깨어났다. 방 밖으로 나가 보니 역시나 엄마가 없다. 식탁 위엔 '엄마 일 나가. 우유 한 잔 마시고 학교 가. 잘 갔다 와, 우리 딸! ^^'이라는 쪽지가 써져 있다. 난 1초의 고민도 없이 쪽지를 박박 찢어 식탁 위에 던져 놓는다. 그리고 대충 씻고 교복을 입고 학교에 간다. 학교에 도착하자 내 친구들이 나에게 달려온다.

"야! 이혜민! 너 어제 엑소 오빠들 음악 방송 하는 거 봤어? 완전 멋있어! 우리 사촌 언니는 거기 갔었대! 아, 진짜 부러워."

"당연히 봤지! 역시 우리 오빠들이라니까."

사실 난 보지 못 했다. 우리 집에 TV란 사치의 물건이다. 겨우 겨우 단칸방 하나에 월세로 사는데 TV 따위가 있을 리가 없지 않나. 그래도 애들 사이에서 왕따를 당하지 않으려면 이런 포커페이스와 거짓말은 기본이다.

내 옆에 서 있는 총 3명의 친구는 김지희, 박민혜, 장유리. 나랑 제일 친한 친구들이다. 이 친구들조차 나의 집안 사정을 알지 못한다. 혹시라도 알게 된다면 날 떠날까 봐 무섭다. 지희와 민혜는 평범한 회사원의 자식이고 유리는 엄마, 아빠께서 같이 음식점을 하신다. 우리 엄마만 마트에서 비정규직으로 알바를 하고 있다.

"아, 맞다! 우리 학교 끝나고 시내 갈 건데 너도 갈래?"

"가고 싶은데 내가 어제 용돈을 받자마자 다 써서 돈이 없어."

"너는 어째 매일 받자마자 다 쓰냐! 우리랑 언제 시내 갈래?"

"미안, 미안. 다음엔 좀 아껴 놓을게. 엄마, 아빠 결혼 기념일이라 선물 사느라 다 써 버렸어."

"그럼 다음엔 꼭 같이 가기다!"

"알겠어, 알겠어."

과연 내가 다음에는 같이 갈 수 있을까? 엄마한테 어떻게 돈을 받을까 생각하기보단 그냥 다음엔 왜 못 간다고 할지 핑계를 생각하는 게 더 빠르고 효과적일 것 같다.

그렇게 수업이 시작됐다. 난 엄마처럼 살지 않으려고 공부도 열심히 하는 편이다. 못해도 전교 20등 안에는 드니까 못한다고는 할 수 없겠지? 엄마한테 성적표를 보여 주면 엄마는 함박웃음을 지으며 잘했다고 엉덩이를 두드려 준다. 그렇지만 난 엄마에게 시큰둥한 표정으로 엉덩이 만지지 말고 얼른 사인이나 하라고 짜증을 낸다. 그래도 엄마는 웃으며 뭘 먹고 싶냐고 묻는데, 나는 저녁 안 먹는다고 하고는 방으로 들어간다. 그리고 그다음 날 아침까지 절대 엄마와 말을 섞지 않는다.

"혜민아! 네가 이 문제 좀 풀어 볼래?"

수학 선생님이 나에게 문제를 풀어 보란다. 난 학원을 다니지 않아서 간단한 공식 따위는 모른다. 그냥 교과서에 나와 있는 대로 열심히 푼다. 뒤에서 아이들이 수군거리는 소리가 날 비웃는 소리 같아서 저 웅성거리는 소리들이 너무 싫고 무섭다. 선생님은 역시 공식 그대로 잘 푼다고 칭찬해 주셨지만 아이들은 그저 내가 천천히 푼 게 마음에 들지 않는 모양이다. 빨리 풀면 수업이 빨리 끝나고 놀 수 있지만 천천히 진행될수록 노는 시간이 없어지니까.

그리고 점심시간이 됐다. 아침이라고는 우유밖에 안 먹고 온 날이라 배에서 꼬르륵거리는 소리가 들린다. 역시 학교 급식만큼 맛있는 게 없다. 하지만 지희와 민혜와 유리는 우리 학교 급식이 너무 맛없다며 집 밥이 짱이라고 한다. 누가 뭐래도 난 학교 급식이 맛있다.

평소와 별다를 게 없이 학교가 끝났다. 집으로 가는 이 길이 싫어서 천천히 걷는다.

"혜민아!"

뒤를 돌아보니 유리가 있다.

"어, 왜?"

"너희 집 방향 이쪽이야?"

"으, 응"

"뭐야? 나랑 같은 방향이었네! 그런데 왜 같이 걸어가자고 안 했어?"

"그냥……."

"지희랑 민혜가 다른 방향이라 매일 혼자 걸어가기 쓸쓸했는데, 잘됐네! 넌 어디 아파트 살아?"

"어, 그게……."

"난 푸른 아파트! 이 근처에 살 만한 아파트는 푸른 아파트밖에 없지. 너도 거기 살지?"

"나는, 음……. 어! 나도 거기 살아."

"오! 몇 동 몇 호야? 놀러 가도 돼?"

"그게, 우리 엄마가 집에 친구 오는 거 되게 싫어하셔서…….

나중에, 나중에 꼭 놀러 와!"

"알겠어. 그런데 아까 지나쳐 온 판자촌 말이야. 거기선 사람이 어떻게 살아? 밤마다 귀신 나올 거 같아! 그렇지 않아? 벌레도 득실득실할 거 같고……."

"어? 어……."

유리랑 수다를 떨며 걸어갔다. 집은 지나쳐 온 지 오래다. 푸른 아파트는 동이 많아서 구조가 복잡하다. 난 최대한 유리네 집과 반대로 떨어져 있는 집이 우리 집이라고 했다. 유리는 같은 동이 아니라 아쉽다고 하며 집 안으로 들어갔다. 유리가 집 안으로 들어가는 것을 확인하고 나는 다시 집으로 갔다.

가는 동안 아까 유리가 했던 말이 머릿속에 맴돌았다. 귀신 나올 거 같고 벌레 나올 거 같다는 그 말, 사실이다. 밤만 되면 가로등의 불빛도 꺼졌다 켜졌다 하고 가끔은 전기도 잘 들어오지 않는다. 그리고 집이 워낙 낡아서 집 안에 거미줄도 쳐져 있고 벌레도 많다.

집에 도착하니 벌써 5시였다. 엄마가 작년 겨울 방학 때 그래도 애들 다 갖고 있는 스마트폰은 사 줘야겠다며 날 휴대폰 가게로 데려가 최신 폰을 사 줬다. 중학교 입학 선물 겸 좀 많이 늦은 크리스마스 선물이란다.

집에 온 내가 할 수 있는 건 그다지 많지 않았다. 일단 목욕을 하고 선생님께서 내 주신 숙제를 했다. 그리고 고픈 배를 달래기 위해 라면을 끓여 먹었다. 아까 엄마한테 꼭 밥을 먹으라는 문자가 왔지만 가뿐하게 무시하고 라면을 먹었다. 10시쯤 되면 엄마가 돌아온다. 그런데 오늘은 11시가 되어서야 돌아왔다.

"혜민아! 엄마 왔다."

"뭐야, 술 마셨어?"

"응, 엄마 기분이 좋아서 술 좀 마셨지! 우리 혜민이는 엄마 미워?"

"……."

대답할 수 없었다. 어떻게 대놓고 밉다고, 싫다고 하겠는가. 엄마가 날 사랑하는 건 나도 잘 알고 있는 사실이지만 난 엄마가 밉다.

"혜민아! 엄마는 네가 세상에서 제~일 좋아. 너 없음 엄마도 켁! 하고 죽어 버렸을지도 몰라."

엄마가 목을 긋는 시늉을 하며 나를 향해 해맑은 미소를 지어 보였다. 엄마의 미소를 본 건 정말 오랜만이었다. 우리 엄마가 예쁘긴 하다.

"엄마."

"응?"

"내 아빠 어딨어?"

"……."

"난 아빠가 왜 없어? 가난도 참을 수 있고 엄마 싫은 것도 억지로 참으며 살 수 있는데, 왜 남들 다 있는 아빠는 없어?"

그동안 잘 참아 왔던 감정이 갑자기 폭발했다. 엄마는 아무 말 없이 울며 날 끌어안았다.

"혜민아! 엄마가 미안. 엄마가 이렇게 못나서 미안. 남들 앞에서 당당히 우리 엄마라고 말할 수 있는 엄마가 아니라 미안해. 그래도 엄마는 다른 엄마들보다 훨씬 더 혜민이를 사랑해."

"엄마!"

엄마의 진심을 모르는 건 아니었다. 하지만 모른 척하고 싶었다. 모른 척해야 날 사랑한다는 것을 더 표현해 주고 날 아낀다는 것을 더 확인받을 수 있으니까. 하지만 이젠 그 짓 그만하려고 한다. 그럴수록 난 엄마를 더 미워하게 되고 그럴수록 엄마는 나 때문에 아프니까. 그리고 내일 학교에 가면 친구들에게 다 말하려고 한다. 우리 엄마는 미혼모라고. 19살에 나를 낳았다고. 난 판자촌에 살고 있고 집에 TV도 없어서 엑소 오빠들 영상 본방으로 못 챙겨 본다고. 솔직하게 다 털어놔야겠다. 친구가 없어지는 한이 있어도.

날이 밝았다. 비장한 표정으로 교복을 입었다. 평소 챙겨 먹지도 않던 아침을 꼭 먹어야겠단 생각에 달걀 프라이를 해서 즉석

밥과 함께 먹었다. 그리고 집을 나섰다. 새삼 마음이 맑아지는 느낌이었다. 가슴 한구석에 항상 남아 있던 불안감과 초조함이 이 거짓말 때문이었음이 들통나는 순간이었다.

"오, 이혜민 웬일로 늦었냐?"

등교 시간이 8시 30분까지인데 현재 시각은 8시 10분이니 절대 늦은 시간은 아니지만 난 항상 8시까지 등교를 했었다. 미리와 있던 지희와 민혜가 웃으며 맞아 줬다. 내가 들어오고 얼마 지나지 않아 유리도 왔다.

"얘들아! 나 할 말 있어."

"응? 무슨 할 말?"

"왜 이렇게 진지해? 무슨 일인데?"

"사실 우리 엄마…… 32살이야."

"32살? 우리 엄마가 40살인데? 엄청 젊으시다."

"그럼, 너희 엄마가 널, 19살에 낳았다고?"

"응……."

"……."

역시나 예상했던 대로 분위기가 싸해졌다. 하지만 난 내가 할 말을 다 해야 했다.

"그리고 우리 집 푸른 아파트 앞에 있는 판자촌 단칸방이고, 우리 아빠는 없어. 엄마는 마트에서 알바하고 집이 가난해서 TV

도 없어. 그래서 엑소 영상 본방으로 보지도 못 해. 시내에 돈을 다 써서 못 나가는 게 아니라 돈이 없어서 못 나가는 거야."

"이혜민."

난 욕을 들을 준비는 다 되어 있었다. 말하는 동안 애들 표정을 살필 용기조차 없어서 눈을 내리깔고 있었다. 그때 갑자기 누군가 날 안아 줬다. 그리고 나머지 두 명도 날 안아 줬다.

"혜민아! 안 힘들었어?"

지희의 이 한마디는 나를 눈물 쏟게 만들기 충분했다.

"왜 말 안 했어! 우린 네 친구도 아니냐? 실망이다, 이혜민!"

민혜가 내게 화를 냈지만 이것마저 고맙고 미안했다. 유리는 말없이 날 끌어안아 주는 걸로 대신했다. 이 친구들은 못 믿을 만한 친구들이 아니었다. 내 인생에서 다시 만날 수 없을 고마운 내 친구들이었다. 우리 엄마 역시 나를 너무 사랑하는 평범한 엄마였다.

하늘은 파란색이고 잔디는 연두색과 초록색이었다. 그냥 지나쳐 왔던 모든 것들이 새로워 보이고 산뜻해 보였다. 학교도 거짓말을 해야 하는 재미없는 장소가 아닌 재미있는 놀이터로 보였다.

집에 가면 엄마를 꼭 안아 줘야겠다. 그리고 더 이상 억지로, 의무적으로 다들 그렇게 부르니까, 부를 호칭이 없으니까 부르는 엄마가 아닌 마음에서 우러나오는 단어인 엄마로 불러야겠다. 엄마도 사랑하고 친구들도 사랑한다. 날 이해해 주고 도와주는 사람은 생각보다 가까이에 있었다.

　나 이혜민이 다시 태어난 날인 오늘은 역사적인 순간이다. 나의 제2의 생일이라고 해도 과언이 아니다. 이제 말할 수 있다. 우리 엄마는 미혼모지만 누구보다 멋있고 날 사랑하는 자랑스러운 우리 엄마다.

노란색의 백구 충남 천안여고 오은영

　쾌나 많은 사람들이 모여 사는 작은 마을의 뒤편에는 낮은 언덕이 하나 있었다. 그 언덕은 한적해 보이면서도 갖은 종류의 나무들이 줄지어 있었기 때문에 외로워 보이지는 않았다. 또 마을 사람들이 잊을 만하면 언덕에서 몸을 숨기고 살아가던 산짐승들이나 들개들이 내려왔고, 사람들은 그들을 반가워했다. 그래서인지 그 마을에는 언제나 따뜻한 정이 느껴졌다.

　마을의 언덕에는 유난히 눈에 띄는 백구 두 마리가 살았다. 백구 두 마리 중 한 마리는 흰 털이지만 색이 바랬고 흙먼지가 엉겨 붙어서 마치 잿빛 같았고, 몸은 다른 한 마리에 비해 컸다. 그의 꼬리는 항상 하늘을 향해 올라가 있었으며 발은 빠르게 움직이더라도 꼬리를 잘게 움직이는 일은 없었다. 그는 까맣고 맑은 눈을 하고 마을의 곳곳을 돌아다녔다. 비록 그로 인해 다리가 마르고 발톱이 자주 부러졌지만 회색의 백구는 개의치 않았다.

　반면 언덕의 다른 백구는 갓 눈이 내린 듯, 희고 부드러운 털을 가졌다. 회색의 백구보다 몸이 매우 작았고 작은 귀와 발이 앙증맞았다. 흰 백구는 회색 백구를 닮아 까맣고 맑은 눈을 가졌는데, 그 눈은 흰 백구가 회색 백구의 아들인 것을 다른 산짐승들에게 증명해 주는 것이기도 했다.

회색 백구는 흰 백구의 털이 더럽혀지지 않기를 바랐다. 그래서 항상 자신이 더 바쁘게 움직였고 그 덕에 어린 흰 백구가 배고파질 즈음에 맞추어 열매나 떨어진 육포들을 주워다 줄 수 있었다. 회색 백구는 올해 가을에도 떨어진 육포를 주워 오느라 뚱뚱한 촌장에게 채일 뻔했지만 역시 개의치 않았다.

하지만 올해는 유난히 마을 사람들의 농사가 힘겨웠다. 여름에 비가 잘 오지 않은 탓이었다. 그래서 그해 겨울엔 사람들의 인심이 좋지 않았고, 회색 백구는 더 바쁘게 움직여야만 했다. 엄마가 없는 것도 미안한데 그런 아이를 굶기기까지 할 수는 없는 노릇이었다. 하루 반나절 동안 얼음길을 쉴 새 없이 쏘다니고서야 겨우 갈비 조각 하나를 구할 수 있었던 회색 백구는 희고 작은 백구에게 갈비 조각을 건넸다. 흰 백구는 고개를 갸웃거리며 물었다.

"아빠는요? 안 배고파요?"

"아빠는 언덕 꼭대기 사냥개한테 사료를 받아먹었어. 배부르단다."

흰 백구는 아버지 회색 백구의 능청에 의아해하면서도 갈비를 맛있게 먹었다. 비록 갈비의 남은 살이 몇 안 됐지만 흰 백구는 아주 맛있어 했다. 하지만 회색 백구는 벌써부터 걱정이 앞섰다. 어릴 때 많이 먹어야 뼈가 튼튼해진다는데, 아들에게 더 많은 것을 주고 싶지만 지금과 같은 겨울에는 끼니를 구하는 것이 너무나 어려웠다.

다음 날 회색 백구는 이대로는 안 되겠다 싶어 더 오래 먹을 수 있는 식량을 찾아 언덕 곳곳을 뒤졌다. 흰 백구가 잠을 자고 있을 때 돌아다녀야 했기 때문에 걸음을 재촉했는데 마침 언덕의 바위 틈에서 버섯이 가득 자란 죽은 나무를 발견했다. 언덕의 틈이 깊어 위험할 만도 했지만 회색 백구에게는 여유가 없었다. 어린 아들이 자신이 없을 때 깨면 또 외로워하며 울지도 모르기 때문이다.

회색 백구는 틈 아래로 펄쩍 뛰어 내려갔다. 어린 아들과 단둘이 살아가는 것은 힘들지만 버섯을 한입 가득 가져가면 꼬리를 흔들며 좋아할 흰 백구를 생각하니 회색 백구는 기분이 좋았다. 하지만 회색 백구는 제대로 착지하지 못하고 왼쪽 다리를 다치고 말았다. 틈이 생각했던 것보다 깊었고, 무엇보다 어제부터 한 끼도 먹지 못해 힘이 없었기 때문이었다. 심지어 죽은 나무가 굴러 떨어지면서 회색 백구의 다리를 깔아뭉겠기 때문에 회색 백구의 다리에 생긴 상처가 깊어졌다. 피가 계속 새어 나오고 겨울의 한기가 엄습해 오자 회색 백구는 정신이 아득해졌다.

한편 흰 백구는 저녁이 되어도 아빠인 회색 백구가 오지 않자 두려움에 울었다. 그것은 처음에는 두려움이었다가 시간이 흐를수록 아빠에게 무슨 일이 생겼을 것이라는 확신으로 이어졌다. 흰 백구는 항상 회색 백구가 했던 말을 떠올렸다.

"엄마가 보고 싶지 않니?"

"아빠가 엄마만큼 널 아끼고 있단다. 그리고 엄마 몫만큼 네 곁을 떠나지 않을게."

회색 백구는 흰 백구를 혼자 둘 리가 없었다. 이렇게 늦었는데도 그가 오지 않는다는 건 분명 무슨 일이 생긴 것이었다. 흰 백구는 아빠를 찾기 위해서 밤늦은 시간에도 언덕 사이사이를 쉴 새 없이 뛰어다녔다. 날카로운 나뭇가지와 낙엽에 발바닥이 까지고 새하얀 털도 더러워졌지만 흰 백구에겐 아빠 생각밖에 없었다.

그렇게 한참을 돌아다니던 중, 보이지 않는 곳에서 신음 소리가 들려왔다. 흰 백구는 그 소리가 아빠의 것임을 직감하고 소리가 들리는 쪽으로 달려갔다. 흰 백구는 그제서야 언덕의 틈에서 이미 많은 피를 흘리고 있는 힘없는 아빠를 찾은 것이다. 흰 백구는 울면서 말했다.

"아빠, 괜찮아요? 너무 추워 보여요. 조금만 기다리세요. 제가 언덕 위 사냥개 아저씨들을 모셔 올게요."

하지만 회색 백구는 어린 아들의 걱정이 앞섰다. 이미 눈앞은 희뿌옇게 변했고 다리엔 감각이 없었다. 피를 많이 흘려서였다. 어린 아들이 자신을 찾아오는 동안 흘린 피는 이미 바닥을 가득 적셨고, 다리뿐만 아니라 전신이 시리고 움직일 힘조차 남아 있지 않았다. 그래도 그는 흰 백구의 걱정이 앞섰다. 아직 한 끼도 못 먹었을 텐데 무리하면 안 된다고 일러 주고 싶었다.

"아빠는 괜찮아. 잠깐 추워서 그래. 이제 곧 봄일 텐데, 뭘. 마침 저기 노란 나비도 있구나!"

흰 백구는 그의 말을 들을 시간이 없었다. 노란 나비는 거들떠보지도 않고 언덕 위를 향해 달렸다. 언덕 위로 올라가면 힘이 센 사냥개 아저씨들이 있을 것이고 아저씨들은 아빠를 구해 줄 수 있을 것이다. 어린 흰 백구의 눈에 아저씨들은 충분히 그럴 만한 힘이 있었다. 짧은 다리로 숨차게 달린 흰 백구는 사냥개 아저씨들을 찾을 수 있었다. 흰 백구는 한시가 급했다.

"아저씨들! 지금 급해요. 우리 아빠가 언덕 틈에 떨어졌어요. 아저씨들이 제발 끌어 올려 주세요. 아빠가 많이 아파요."

사냥개들은 방금 호화스러운 저녁을 마친 듯 이빨을 드러내 보이며 흰 백구에게 다가왔다. 흰 백구는 볼품없었다. 늦은 밤에 뛰어다니느라 발엔 상처가 가득했고 표정에는 맥이 풀려 있었다. 사냥개는 그런 흰 백구를 비웃으며 자리에 앉아 귀를 긁었다. 재빠르게 움직이며 귀를 건드리는 뒷다리가 그렇게 불량해 보이지 않을 수 없었다. 사냥개 중에서 가장 덩치가 큰 사냥개가 으스대며 말했다.

"내가 네 아빠를? 그럼 넌 나한테 뭘 줄 건데? 내 한가로운 저녁 휴식을 네가 망칠 셈이니? 그리고 네 아빠 상태는 어떤데?"

흰 백구는 간절한 눈빛으로 대답했다.

"아빠는 피를 너무 많이 흘렸어요. 나무가 아빠 다리를 깔고 있었는데 그래서 더 힘들어 보였어요. 아빠는 저한테 말하는 것도 힘들어 보였어요. 시간이 없어요, 아저씨!"

사냥개들은 갑자기 서로 눈을 맞추더니 피식하며 웃었다.

"네 아빠는 아마 지금쯤 죽었을 거야. 우리한테 올 시간에 말이야."

흰 백구는 그 말에 뒤도 돌아보지 않고 아빠를 보았던 언덕 틈새로 달려갔다. 오늘 몇 번이나 달렸는지는 셀 수가 없었다. 하지만 사냥개 아저씨들의 말이 사실이 아니라는 것을 확인하고 싶었다. 아빠는 항상 세상엔 좋은 일이 가득하다고 말했다. 또 자신의 곁엔 아빠가 항상 있을 것이라고 약속했다. 아빠에게 사냥개 아저씨들이 방금 이상한 말을 했다고 말하며 그의 품에 안기고 싶었다. 그리고 흰 백구는 그곳에 도착했다. 앞이 안 보일 만큼 어두웠지만 흰 백구는 금방 회색 백구를 찾았다. 그는 낮잠을 자는 것처럼 편안한 표정을 짓고 있었다.

"아빠!"

흰 백구는 아빠가 잠을 자는 것이라고 생각하며 계속 소리쳤다. 몇 번을 소리쳤지만 그는 듣지 못했다. 깊은 잠을 자는 것 같았다. 흰 백구는 소리 내어 울었다. 아빠는 자신의 곁을 언제든 지킬 거라고 말했었다. 오늘 하루 언덕을 뛰어다니며 그동안 아빠가 얼마나 힘들게 자신에게 먹을 것을 가져다 주었는지 이제야 알았는데, 그래서 고맙다는 말을 하고 싶었는데 그는 지금 너무나도 편안히 눈을 감고 있었다.

조금만 일찍 자신이 아빠를 찾았다면 하는 후회와 아무도 아빠를 도와주지 않았다는 원망이 흰 백구를 슬프게 했다. 흰 백구가 처음 만난 세상은 너무 날카로웠다. 아빠는 다쳤고, 도움을 청하려 했지만 다른 어른들은 애써 무시했다. 아빠는 죽었고, 자신은 이런 곳에 혼자 남았다. 흰 백구는 다리에 힘이 풀려 주저앉았다. 더 이상 울 힘은 남아 있지 않았다. 이제 막 동이 트고 회색 백구의 편안한 표정이 보였지만 흰 백구는 그래서 더 슬펐다.

그때 노란 나비가 흰 백구의 콧잔등에 앉았다. 아빠가 말했던 봄이 오려는 것이었다. 흰 백구에게 회색 백구가 없는 봄은 익숙하지 않았다. 노란 나비를 보니 말랐던 눈물이 다시 차올랐다. 앞으로 계속, 노란 나비를 보면 아빠를 떠올리고 울 것만 같았다. 회색 백구는 겨울과 함께 흰 백구를 떠났다.

흰 백구는 이제 더 이상 어릴 수 없었다. 아빠의 자리를 자신이 채워야 했다. 먹을 것도 자신이 찾아야 할 것이고, 외롭다고 해도 이제는 누군가에게 기댈 수 없을 것이다. 흰 백구는 회색 백구를 마음속에 묻고 자신의 삶을 살아가야 한다. 그리고 다짐했다. 앞으로는 이런 일로 소중한 누군가를 잃지 않겠다고. 자신은 사냥개 아저씨들처럼은 되지 않을 것이라고. 회색 백구를 닮아 까맣고 맑은 흰 백구의 눈동자가 단단하고 밝은 빛으로 가득 찼다.

이제는 겨울이 끝나 봄이 온다. 아빠가 없는 새로운 봄이다. 아빠가 마지막으로 말했던 노란 나비가 있는 새로운 봄이다. 노란 나비가 가득하고 햇빛이 따뜻한 봄이 우리에게서 피어난다.

3 생각할수록 점점 더 난다 _일상

믿음이란?

어렵게 생겼지만 쉽게 사라지는 것

인천 계산중 서동혁

애벌레 강원 평창고 김민철

꿈을 꿈을 꿈을 향해 기어간다.

보조개 경기 고양 중산고 양지혜

, 는 문장의 보조개,
왜 그래? 묻지도 않고
또 그래! 성질도 안 내고
넌 그래. 멋대로 마치지도 않고
그래, 그래, 하며 항상 다독여 주는,

이 작고 깊은 미소에 안겨,
며칠간의 단잠을 잘 수 있다면,

좋겠다만.

생각할수록 점점 더 난다
일상

여드름 전북 군산영광중 나영민

여드름이 난다
하나
둘
셋
넷
점점 더 난다
공부
꿈
친구
생각할수록
점점
더 난다

낚시

경남 거창중고제분교 조정민

바다에 내려와
먹을 감는 별들에게
아이는 꿈을 미끼로
낚싯대를 던졌다.
등 뒤로 뜬
밝은 달님이
아이를 향해
조용히 미소 짓는다.

구포 시장 부산 구남중 한승표

구포 시장엔 사람들이
북적북적, 바글바글

구포 시장엔 해산물이
흐물흐물, 첨벙첨벙

구포 시장엔 할머니들이
일로 오이소~ 싸게 줄꾸마~.

구포 시장엔
정이 많지요.

여름 준비 충남 논산 쌘뿔여중 김은석

개울가 개구리가 목을 가다듬는 소리
땅속 개미들이 힘을 키우는 소리
벌집 안 벌들이 꽃이 있는 장소를 생각하는 소리
둥지 안 새들이 새끼 새들을 위로하는 소리
나무 위 매미들이 좋은 나무를 찾는 소리
숲 속 곰들이 눈을 뜨는 소리

하늘 위 태양이 뜨거운 매력을 보낼 준비를 하는 소리
학교 안 새싹들이 그 매력을 받을 준비를 하는 소리

여름이 오기 전 모든 것이 들뜬 소리가 들린다.

생각할수록 점점 더 난다
일상

낙엽길 경기 고양 한수중 김동훈

이 계절이 되면
너는 바닥에 가라앉고는 했지.

이 계절이 되면
너는 하늘을 색칠하고는 했지.

그곳에 네가 있었을까
상상하고

그곳에 네가 있었다고
기억했지.

그 길은 어디로 향하고
그 길은 얼마나 길었나.

그 길의 끝에서 돌아오기를 기다리지.

그저 그런 충남 천안청수고 심예린

그저 그런
단풍잎 한 장 한 장이
가을을 오게 한다.

그저 그런
창문 하나가
빌딩을 이루며
그저 그런
빗방울 하나가
드넓은 바다를 만든다.

그저 그런
뱃속의 작은 발길질이
세상을 움직일

생각할수록 점점 더 난다
일상

생명의 발돋움이 된다.

그저 그런
나비의 작은 날갯짓이
커다란 폭풍우를 몰고 오듯

그저 그런
작은 존재감이
내 삶의 이유가 된다.

그저 그렇다.

유리창의 모든 꿀벌에게 전남 목포혜인여고 김수아

꿀벌은 아무것도 모르고
푸르른 하늘에 부딪히더라
생소한 것들의 영역에
길을 잃지만 않았더라면

책이 날고 실내화가 비행한다
궤도를 그리며 노리는 적들 사이
애처롭게 허공을 맴도는
그것의 죄는 선택의 실수일까

꿀벌은 아무것도 모르고
푸르른 하늘에 부딪히더라
투명한 방해의 심술에
화를 내지만 않았더라면

생각할수록 점점 더 난다
일상

하늘을 가로막는 얇은 그것은
어쩌면 제 자신이 만들어 낸 것
세상을 조금만 더 담았더라면
푸르른 창공으로 날아올랐을 텐데

너, 나, 우리 모두의 이야기 부산여고 김희지

생각할수록 점점 더 난다
일상

다이어트

1,000원 부산 학산여중 손성주

　가끔 그런 때가 있다. 나 스스로도 이유는 모르지만 그냥 기분이 땅굴을 파고들어 가는 우울한 때. 그 할머니를 만난 게 딱 그런 때였다.

　학교에서 무슨 일이 있었던 것도 아니었고, 온종일 반 애들이랑 웃고 떠들며 학교생활 잘하고 집에 가던 길이었다. 평소보다 잠이 좀 부족하긴 했지만. 그렇게 학교에서 집으로 걸어오는 길, 이어폰에서 흘러나오는 음악을 들으며 터벅터벅 집으로 향하던 나는 갑자기 몸의 피곤함이 몇 배가 되는 것 같은 느낌을 받았다. 몸이 무거우니 기분도 무겁고, 피곤하고. 집에 가서 쉬고 싶다는 지친 마음과 왠지 집에 가기 싫다는 삐딱한 마음이 부딪혀 자꾸 땅에 붙으려는 발을 겨우 떼어 내어 걷던 나는, 결국 집에다 와서 근처 보건소 앞 벤치에 털썩 주저앉았다.

　피곤하고 지친 데다 반쯤 잠에 취해 몽롱했다. 우울한 걸 넘어서 이유 없이 짜증이 날 지경이었지만 졸린 탓에 나 스스로 무슨 생각을 하는지도 모르는 상태였다. 누군가 내 손발에 족쇄를 채워 놓은 것 같다는 실없는 생각을 하며 내가 무슨 표정으로, 어떤 모습으로 있는지도 모른 채 그저 그렇게 앉아 있었다.

그때 내 눈앞으로 할머니 두 분이 지나가셨다. 아니, 사실 처음에는 사람이 지나가는지도 몰랐다. 반 박자 늦게 눈앞에 무언가 움직인다 싶어 눈으로 좇았고, 좀 더 보니 할머니 두 분이셨다. 한 분은 보라색 잠바를 입고 계셨고 다른 한 분은 잘 기억나지 않는다. 역사 쪽으로 걸어가시던 두 분은 몇 걸음 거리에서 별안간 멈추셨다. 다른 한 할머니께서 보라색 잠바를 입은 할머니께 그냥 가던 길 가자며 팔을 잡아끄셨다. 몽롱한 정신으로 아무 생각 없이 두 분을 쳐다보고 있었는데, 갑자기 그분들이 걸음을 돌려 나에게 다가오셨다. 다른 할머니의 다소 못마땅한 눈빛을 알아채기도 전에 보라색 잠바를 입은 할머니께서 "학생." 하며 나를 부르시더니 가방에서 주섬주섬 뭔가를 꺼내셨다. 꼬깃꼬깃한 천 원짜리 지폐. 이걸로 맛있는 거 사 먹으라는 할머니의 말씀을 뒤로한 채 이게 무슨 상황인지 파악하려던 나는, 그보다도 우선 이 돈을 돌려 드려야 한다는 생각이 퍼뜩 들었다. 감사하지만 괜찮다며 돌려 드리려는 나에게 할머니는 딱 나만 한 손녀가 있으시다면서, 손녀 생각이 나서 그러니 그냥 받아 두라고 하셨다.

자식 같아서 그런다, 손자 손녀 같아서 그런다, 어디서 들어 본 듯한 흔한 말이다. 그런데 그 말을 막상 내가 들으니 마음속에서 울컥하고 찡해지는 무언가가 있었다. 여전히 조금은 멍한 정신에, 찡한 마음에, 그리고 더 거절하는 건 예의에 어긋날 것 같다는 생각에 나는 결국 그 돈을 받았다. 집까지 가는 3분 남짓한 짧은 거리를 걸으며, 나는 길거리를 지나가는 사람들의 시선이 신경 쓰여 막 울지는 못하고 훌쩍거리며 조금씩 눈물을 닦았다. 할머니께 감사한 마음만으로는 설명되지 않는, 순간 울컥하는 느낌이 있었다. 지쳐 있는데 위로받는 기분이었다. 힘내라는 말 같은 것보다 훨씬 따뜻한.

　할머니께는 죄송하지만 그 천 원으로 맛있는 걸 사 먹지는 않았다. 힘들 때 보고 힘낼 거라고 고이 넣어 둔 천 원은 지금도 내 방 책장 위 지갑 안에 있다. 가끔 아무것도 하기 싫고 뻗어 버릴 것 같을 때 그 지갑을 가만히 손에 쥐어 보며 힘을 낸다.

빨간 아이 경기예고 김예늘

　나는 토마토를 좋아하지 않는다. 그렇지만 가족들이 좋아해서 집에서는 진선이네 할아버지에게서 산 토마토를 세 박스째 먹고 있다.

　지난 토요일, 엄마가 토마토 박스를 정리하다가 토마토 하나에 작은 애벌레가 붙어 있는 것을 발견했다. 털이 있는 동물을 싫어하는 나는 남들이 강아지, 고양이를 좋아하는 대신 나름 벌레에 관심이 많았다. 엄마는 즉시 나를 불러 보여 주었다. 나는 바로 그 애벌레가 배추흰나비 애벌레임을 알 수 있었다. 언젠가 엄마와 이모네와 같이 곤충 체험전에 갔을 때 작고 귀여워서 눈여겨봤던 아이이기 때문이다. 처음 엄마가 보여 줬을 땐 그냥 죽어 있는 줄만 알았다. 그런데 가만히 내려놓고 보니 살짝살짝 움직였다. 살아 있었던 것이었다. 난 애벌레를 토마토와 함께 가만히 바닥에 내려 두고 관찰했다. 토마토 박스가 택배로 왔는데 그 여정 동안에 죽지 않았다는 게 너무 놀라웠다. 게다가 우리 집에 도착한 후에 그 박스를 바로 정리한 것도 아니었고 한참 뒤에 정리를 했는데도 살아 있다는 것이 신기했다.

내 손가락 한 마디만 한 길이에 연필심 굵기의 외모, 이 작은 몸으로 사람이 한입 베어 먹을 정도 크기의 토마토를 먹었다. 그 몸은 원래 연두색으로 뒤덮여 있었겠지만 토마토를 먹어서인지 자세히 보면 연두색 몸뚱이 안에 붉은빛이 맴돈다. 주변 환경이 바뀌어서일까. 주위를 탐색하느라 눈알이 굴러가는 게 보였다. 그 모습이 신기해 살짝 토마토를 들어 봤다. 당황했는지 죽은 척을 하며 움직이질 않는다. 그 대신 똥을 싼다. 붉은색 토마토와 똑같이 생긴 똥. 하도 귀여워서 거의 한 시간 가까이를 바라만 보고 있었다. 내가 뭘 하는지 궁금해서 온 오빠는 놀라서 도망갔다. 그리곤 버리라고 난리를 쳤다. 맘 같아선 통에 담아 키우고 싶었지만 관리를 못 할 것 같아서 학원 가는 길에 아파트 화단에 토마토와 함께 살포시 내려놓았다. 그 뒤론 어떻게 됐는지 모르지만 내년엔 흰나비로 나를 반겨 줬으면 좋겠다. 흰나비를 볼 때마다 진선이네 토마토 애벌레가 생각날 것 같다.

앞머리 인천 강화여중 고승희

6월 14일에 앞머리를 잘랐다. 그날에는 길이가 좀 짧긴 하지만 괜찮다고 생각했다. 몇 년 전에 앞머리를 짧게 잘라서 고생했었지만, 앞머리를 자른 날에는 머리를 감고 다시 보니 앞머리가 조금 길어 보였기 때문이다. 근데 길어진 건 아니고 그냥 그래 보였던 거다.

그 다음 날은 친구들하고 김포로 놀러 가는 날이었다. 아침에 일어나니깐 내가 잠을 좀 험하게 자서인지 앞머리가 완전 올라가 있었다. 그래서 씻고 고데기로 앞머리를 다시 폈다. 그런데 앞머리가 이상하게 뻗쳤다. 그래서 다시 말았는데 더 짧아졌다. 진짜 짜증났다.

앞머리가 아침마다 너무 신경 쓰인다. 그래서 매일 아침 머리를 고데기로 계속 펴느라 5~10분 정도 시간이 더 걸린다. 미용실 아주머니께서 앞머리를 조금 자르고 이 정도면 되느냐고 물어봤을 때 조금 길어 보여서 조금만 더 잘라 달라고 하였던 게 후회된다. 그때 더 잘라 달라고 말하지 않았으면 조금이라도 더 길었을 것이다. 앞머리는 길면 말면 되는데 짧으니까 내가 어떻게 할 방법이 없다. 어떻게 하면 앞머리가 빨리 자랄까? 방법 좀 가르쳐 주실래요? 쌤?

아, 앞머리. 정말 짜증이 난다.

급똥은 위험해 광주 수완중 김경용

    점심을 더부룩하게 먹고 학원으로 간다. 나는 아직 나에게 일어날 일을 모르고 있다. 학원 수업이 끝나고 집으로 가던 중 불안한 기분이 들며 소름이 돋는다. 식은땀이 흐르고 몸은 춥고 모든 일에 정신이 날카로워진다. 이건 확실히 급똥이다. 집은 너무 멀다. 집에 가기 전에 상상도 못 할 일이 일어나고 말 것이다. 도서관 화장실이 생각난다. 다리를 모으고 괄약근에 힘을 집중한다. 위기는 많이 있었지만, 겨우 도착했다. 공중 화장실을 자주 사용하지 않지만 선택의 여지가 없던 나는 출산의 기분을 느낀다. 닭살이 돋는다. 사람의 행복 중에는 배출도 있다는 것을 알았다. 휴지가 있나 확인하는 순간 무서운 기분이 엄습한다. 설마설마했지만, 없다. 그러나 도서관 화장실엔 비데가 설치되어 있다. 미리 예상했던 일이다. 승리의 미소를 지으며 비데의 전원 버튼을 누른다. 그러나 작동이 되지 않는다. 당황해 이것저것 만져 본다. 만지던 도중 쪽지를 발견한다. 비데 고장. 눈물이 날 것 같다. 혹시나 하며 가방을 뒤져 본다. 휴지는 없다. 대신 학원 연습장이 보인다. 머리에 총알처럼 생각이 떠오른다. 연습장을 한 장 뜯는다. 이 종이 한 장이 내 목숨을 살려 주는 종이로 보인다. 종이를 주무르고 주무른다. 정말 휴지처럼 보슬보슬해진다. 두 가지 생각이 떠오른다. 두루마리 휴지의 필요성과 종이의 위대함. 3장으로 완벽하게 처리하고 승리의 미소를 짓고 나온다. 화장실에서 나오는데 나랑 비슷한 처지의 남자가 급히 아까 내가 들어갔던 칸으로 간다. 들어간다. 아……. 그 사람은 종이도 없어 보이던데.

가을 여행 경기 화성 삼괴고 최영환

가을이 왔다. 이러한 사실은 뉴스를 봐도, 달력을 봐도, 창밖을 봐도 알 수 있다. 하지만 가을을 집 안에서만 간접적으로 느끼는 것에 그치고 싶은 사람은 아무도 없을 것이다. 도전과 탐험은 모든 인간의 근본적인 속성이기 때문이다. 그래서 우리는 가을 여행을 떠나야만 한다. 그런데 돈이 없다고? 걱정하지 않아도 된다. 여행의 필수품이 돈이라는 생각은 진짜 여행을 모르는 사람들이 만들어 낸 착각에 불과하기 때문이다. 당신이 어디에서 살고 있든, 집 앞 또는 집 뒤편으로 가 보자. 당신이 주택에 산다면 화단이 있을 것이다. 그것에 한 걸음 한 걸음 다가가다 보면 수북이 쌓여 있는 낙엽들의 집합체를 확인할 수 있을 것이다.

낙엽이란 무엇인가? 낙엽이란 나무들이 생존을 위해, 다음 해를 위해 자신으로부터 떼어 놓은 것이다. 낙엽을 통해 비록 고통스럽지만 미래를 위해 자신의 일부분과 같은 존재를 떼어 내는 상황을 생각해 볼 수 있다. 이별하는 수많은 연인들이 그러한 상황이다. 자식의 자립성을 길러 주기 위해 가슴 아프지만 자신의 자식을 출가시키는 부모의 마음 역시 마찬가지이다. 또한 자신의 꿈을 위해 수많은 것을 포기하는 사람에게서도 낙엽의 모습을 확인할 수 있다.

낙엽에 대해 충분히 생각해 보았다면, 빗자루를 가지고 낙엽 더미들을 과감히 파헤쳐 보자. 그러면 그 밑에서 잠자고 있던 수많은 벌레들을 만날 수 있을 것이다. 거미와 지렁이를 비롯한 이름 모를 벌레들을 본다면 적잖이 당황할지도 모르겠다. 그래도 꾹 참고 유심히 살펴보자. 그러다 보면 누군가가 고통스럽게 떼어 낸 것들 덕분에 다양한 생명이 꽃피었음을 깨달을 수 있다.

이렇게 낙엽과 그 밑 벌레들의 세계에서 참된 의미를 깨달았다면, 당신은 가을이 줄 수 있는 경이로움 중 가장 큰 것을 맛보았다고 자부할 수 있다.

지금까지 내가 소개한 일련의 과정들이 가을 여행이다. 열차 타고 유명한 숲 속에 들어가 단풍놀이하고 사진 찍는 것만이 가을 여행이 아니다. 가을 여행의 진정한 경이로움은 가장 깊은 곳에 있다. 그리고 누구보다 깊어지려면 멀리 가서는 안 된다. 웅장해서도 안 되며, 화려해서도 안 된다. '진정한 현자는 단 하나의 화분 속 단 하나의 식물을 기르더라도 그 속에 담긴 울창한 밀림 한가운데를 걸을 수 있다.'라는 말이 있다. 이 말을 이해하

는 사람이라면 지금까지 내가 한 말 중 거짓된 것은 하나도 없다
는 것에 동의할 것이다.

꼭 이루고 싶은 나의 꿈,
소설가 전남 목포중앙여중 변다은

    저의 꿈은 소설가입니다. 이 꿈을 결정하기까지 얼마나 많은 다른 꿈들을 생각했는지 모릅니다. 어렸을 때에는 부모님의 권유로 아나운서가 되기로 마음먹었습니다. 하지만 고학년이 되자 아나운서는 저의 적성에 맞지 않는다고 생각하고 수의사로 꿈을 바꾸었습니다. 제가 동물을 좋아한다는 이유에서였습니다. 그러나 아빠의 한마디가 저에게 고민할 기회를 주었습니다. 아빠는 저에게 이렇게 말씀하셨습니다.

    "너는 동물을 좋아하기만 하지, 막상 동물을 기르게 되면 다 부모님에게 떠넘기잖니?"

    곰곰이 기억을 되짚어 보니 청소는커녕 먹이조차 제대로 준 적이 없었던 것 같았습니다. 어쩌다 아주 가끔씩 먹이를 주는 것 외에는 아무것도 신경 쓰지 않고 그냥 관상용으로만 동물을 사용하였습니다. 저는 동물을 기르는 것이 아니라 '사용'하였던 것이었습니다. 그 사건 이후로 저는 고민을 많이 하였습니다. 어느 것이 진짜 나의 꿈일까, 어느 것이 끝까지 짊어지고 갈 수 있는 꿈일까, 하면서요.

그러던 어느 날, 친구가 저에게 공책 한 권을 가져왔습니다. 이것이 무엇이냐고 물었더니 소설이라고 대답하였습니다. 처음이었습니다. 이렇게 소설을 접해 보는 것이……. 항상 책으로만 읽어 왔던 소설이었습니다. 하지만 공책에 쓰인 친구의 소설을 보는 것은 저에게 신선한 충격으로 다가왔습니다. 그때부터 저는 소설을 쓰기 시작했습니다. 제가 소설을 쓴다면 어떤 글이 나올지 매우 궁금해졌습니다. 취미로 시작했던 소설 쓰기는 지금까지 이어지며 저에게 즐거움을 주고 있습니다. 소설을 쓰면 모든 걱정을 잊고 어느새 공책 위에서 바쁘게 움직이고 있는 저의 손을 발견할 수 있었습니다.

저는 소설 작가가 되기 위하여 가장 먼저 노력해야 할 일은 다른 작가의 작품을 많이 읽어 보는 것이라고 생각합니다. 인터넷에 들어가 보니, 다른 작가들의 소설이 많이 올라와 있었습니다. 저는 그것을 짬짬이 읽어 보며 상상력을 키우는 것도 한 가지의 좋은 노력이라고 생각하여 실천하고 있습니다.

둘째로, 저 나름대로 다양한 소설을 써 보는 것입니다. 때로는 다른 작가의 글을 모방하여 쓰기도 하고, 기발한 소재가 떠올라 그 즉시 글을 쓰기도 합니다. 하지만 하나같이 다 같은 장르의 소설이라는 것이 제 글의 문제점입니다. 부족한 글쓰기 실력이지만, 다양한 장르의 소설에 도전하며 글쓰기 실력을 늘려 가려고 합니다.

소설을 쓰기 시작한 지 얼마 되지 않은 날이었습니다. 그날도 어김없이 공책을 펴고 글을 써 내려가는데, 너무 몰입한 나머지 글이 이상한 곳으로 흘러가는 것도 모르고 머릿속에 떠오른 아이디어들을 정렬해 가며 즐겁게 글을 썼습니다. 다음 날 친구가 저의 소설을 읽어 보더니 이상한 점을 말해 주었습니다. 이야기의 앞뒤가 맞지 않는다는 것이었습니다. 당황하여 어제 쓰기 시작한 부분부터 다시 읽어 보니 정말로 이상하였습니다. 그날 집에 가서 공책을 한구석에 꽂아 두고 '다시는 쓰지 않을래.'라고 생각하였습니다.

다음 날 국어 시간이었습니다. 모두가 자신의 꿈에 대해 말하는데 문득 나의 꿈이 소설 작가라는 것을 깨달았습니다. 그리고 어제의 일이 떠올랐습니다. 내가 좋아하는 일을 겨우 찾았는데, 이대로 또 꿈을 포기하긴 싫었습니다. 또 작가라는 꿈을 가지고 있으면서 겨우 나의 마음대로 표현이 되지 않는다고 좋아하는 일을 그만둔다는 것은 정말 안일한 생각 같아 어제의 일을 후회하였습니다.

꿈을 위해 노력하는 것은 쉽지 않습니다. 자신의 노력이 때로

는 자신의 마음만큼 되지 않을 수도 있습니다. 하지만 그렇다고
자신의 꿈을 포기해 버리면 결국 아무것도 하지 못하게 됩니다.
그럴 때마다 저는 제가 꿈을 이루어 작가가 되어 있는 모습을 떠
올립니다. 상상이 현실로 이루어질 것을 희망하며.

성장을 위한 동화책

연금술사 경기 양평 양일고 김예린, 김해솔, 박리수, 방소정, 한유빈

한 씨앗이 있었어요.

씨앗은 **꿈** 이 하나 있었어요.
" 나는 예쁜 **꽃**이 되고 싶어! "

씨앗은 좋은 땅을 찾아 길을 떠났어요.

씨앗은 길을 가다가 돌멩이와 동전을 만났어요.
"너희는 어디로 가는 길이니?"

우리는 연금술사를 만나러 가고 있어.
우리는 금이 되고 싶어. 금은 세상에서 가장 멋있거든!

"너는 어디로 가는 길이야?"
"나는 예쁜 꽃이 되려고 좋은 땅을 찾아가는 길이야. 근데 어디로 가야 할지 모르겠어."
"우리와 함께 가자. 연금술사가 알려 줄 거야!"

셋은 함께 길을 떠났어요.

하지만 연금술사를 만나러 가는 길이 쉽지 않았어요.
셋은 높은 언덕을 넘어야 했고,

큰 비바람도 만났습니다.

동전이 화가 나서 소리쳤어요.
"나 집에 돌아갈래! 너무 힘들어!
이것 봐, 빼나던 내 몸이 벌써 녹슬었어!"

그렇게 동전은 포기하고 집으로 돌아갔어요.
씨앗과 돌멩이도 지쳐 가기 시작했어요.

「사람들은 삶의 이유를 무척 빨리 배우는 것 같아.
아마도 그래서 그토록 빨리 포기하는지도 몰라. 그래, 그런 게 바로 세상이지」
—파울로 코엘료, 『연금술사』(문학동네) 중

다음 날 아침, 씨앗은 고민을 잠시 접어 두고 다시 길을 떠났어요.
그러다 소라를 만났어요! "소라야, 뭘 하고 있니?"

나는 지금 바다를 기다리는 중이야.
그게 내 자아의 신화거든!

"너희는 어딜 가는 중이니?"
소라는 물었어요.

"우리는 연금술사를 찾는 중이야.
혹시 연금술사가 어디 있는지 아니?"
"저쪽으로 가면 연금술사가 있을 거야."

씨앗과 돌멩이는 연금술사를 찾아 다시 뛰었어요.

그리고 연금술사를 만났어요.

"연금술사님! 저는 금이 되기 위해 찾아왔어요. 금으로 만들어 주세요!"

"돌멩이야, 너의 자아의 신화는 금이로구나.
너의 자아의 신화를 이뤄 주겠다!"
"우와! 신난다!" 돌이 말했어요.

"씨앗은 내가 무엇을 도와줄까?"
씨앗은 곰곰이 생각했어요.

" 연금술사님,
저도 금으로 만들어 주세요.
좋은 땅으로 가는 길은
너무 힘들고 멀어요.
그곳까지 갈 용기가 없어요."
연금술사는 조용히 미소 지었습니다.

" 씨앗아, 소라의 자아의 신화가 기억나니?
소라는 그 속에 바다를 품고 있단다.
힘들지만 자신의 자아의 신화를 따르는 것이지. "

" 너의 자아의 신화는 금이 아니란다.
다른 이들을 따르지 말고 너의 자아의 신화를 찾으려무나."
그 순간, 씨앗은 무까를 깨달았습니다.

은행나무와 사철나무 경기 김포 양곡고 김아름

　태양이 아직 고개를 내밀지 않은 이른 새벽이었다. 쌀쌀한 바람은 노랗게 색이 바랜 은행나무의 낙엽들을 실어다 바닥에 그림을 그렸고, 은행나무는 그림을 바라보며 가만히 숨을 내쉬었다. 가을이 엊그제 같건만 어느새 입동이다. 세월이 참 빠르구나. 은행나무는 그리 생각하며 곧 하나둘 떨어져 나갈 제 잎들을 올려다보았다. 이번 겨울은 분명 작년 겨울보다도 추울 것이다. 은행나무는 떨어진 낙엽 쪼가리들을 모아 제 몸을 감싸고 싶다는 생각이 들었다.

　"많이 춥지?"

　그것은 은행나무의 아래에서 난 소리였다. 은행나무는 하늘거리는 잎들을 애써 쫑긋 세우며 그 목소리의 주인을 내려다보았다. 키가 작은 사철나무였다. 은행나무는 여전히 파랗고 생기가 도는 사철나무의 잎들을 바라보며 가지를 파르르 떨었다. 놀림을 받은 듯한 이 상황 때문에 은행나무는 화가 났다.

"어."

은행나무는 퉁명스럽게 대답하고 눈길을 홱 돌렸다. 방금 전까지만 해도 더 오래 붙어 있기를 바랐던 잎들이 미워 보였다. 그리고 사철나무의 푸르고 튼튼한 잎이 부럽다는 생각이 들었다. 은행나무는 가지를 세차게 흔들어 먼지를 털듯 잎들을 떨궈 버렸다. 사철나무 옆에 있으니 자신의 초라한 잎들이 뻐적뻐적 마른 땅 같았다. 은행나무는 도저히 참을 수 없어 사철나무에게 쏘아붙이듯 말을 걸었다.

"너 방금 날 얕본 거야?"

사철나무는 가지를 털었다. 푸른 잎새 사이에 붙어 있던 살얼음이 땅으로 떨어져 파삭 깨졌다. 그 모습이 은행나무의 눈에는 여간 아니꼽지 않았다. 사철나무는 은행나무의 속도 모르고 무엇이 그리 좋은지 방긋방긋 웃었다.

"얕보다니. 아니야."

"아니긴 뭐가 아니야. 너는 튼튼한 잎들이 있으니 따뜻해서 상관없지만, 나는 아니라는 뜻으로 물은 것이잖아?"

사철나무는 여전히 넉살 좋은 웃음을 흘리며 은행나무를 올려다보았다.

"왜 그렇게 생각하는 거야? 네 잎들이 뭐가 어때서?"

은행나무는 사철나무의 말이 끝나자마자 그녀의 쪽으로 가지를 홱홱 흔들었다. 우악스러운 그 몸놀림에 사철나무도 조금은 당황한 듯 식은땀을 비죽 흘렸다.

"바닥의 저 잎들을 봐. 내 것이 아닌 게 없다고. 나는 내 잎들이 너의 튼튼하고 파란 잎들처럼 영원히 생기를 가지고 살아갈 줄 알았는데, 작년 겨울처럼 이번 겨울에도 저것들은 어김없이 후둑후둑 떨어져 버렸어. 저 쓸모없는 것들 덕분에 나는 몸도 마음도 추워져. 잎이 다 떨어져서 앙상하게 가지만 남는 기분이 어떤 것인지 너는 모를 거야."

은행나무는 방금 막 떨어진 자신의 잎이 사철나무의 머리 위에 사뿐히 내려앉는 것을 보고 우는소리를 했다. 사철나무는 잎을 털어 냈다. 스러지는 불꽃처럼 바닥에 조용히 누운 잎이 그녀의 눈엔 곱게만 보였다. 노란 빛깔 새로 강물이 흐르는 것 같은 잎맥도 고와 보였다.

"그렇구나. 하지만 은행나무, 얘야. 다시 한 번 생각해 봐."

"무얼 더 생각해 보란 말이야?"

"너는 네 잎들이 아름답다고 생각해 본 적 없니? 네 주변의 사철나무가 푸를 때 개나리처럼 윤기 흐르는 노란빛을 띤 네 잎들. 그리고 겨울엔 그것들이 떨어져서 네 말대로 너는 앙상한 모습을 가지지."

"그것 봐. 너도 역시 내가 흉하다고 생각하는 것이잖아?"

"아니야. 들어 보렴. 네 몸은 앙상해지는 대신 눈이 오는 날이면 굉장히 특별해져. 하얀 눈들이 네 가지에 걸터앉고, 너는 햇빛을 받아 별처럼 반짝거리거든. 사실 겨울 내내 나는 너를 부러워했어. 보다시피 내 잎들은 하얀 눈에 그다지 어울리는 색이 아니거든. 나는 너처럼 내 가지 위에도 새하얀 눈이 걸터앉아 주었으면 좋겠는데."

은행나무는 사철나무의 말로 인해 머릿속에 종이 울리는 듯한 느낌을 받았다. 자신이 내심 부러워하던 상대가 자신을 부러워했었다니. 은행나무는 기쁜 마음이 들어 자리를 벗어나 춤이라도 추고 싶었다. 물론 자신의 뿌리가 땅을 단단히 부여잡고 있어 자리를 벗어나는 것은 불가능한 일이었지만 대신 은행나무는 가지를 사뿐사뿐 흔들어 기쁜 마음을 사철나무에게 내보였다.

"나는…… 생각지도 못했어. 그저 사철나무로 태어난 나무들은 겨울이 와도 푸른 모습을 가지고 있을 테니 부럽다고만 생각했지. 또 그들은 찬바람이 쌩쌩 불어도 따뜻할 것이 분명하니까. 그것들이 너무 좋아 보였어. 하지만 네 말을 들으니 생각이 바뀌었어. 내가 단점으로만 보아 왔던 것이 남에게는 장점으로 보일 수도 있다는 게 너무도 신기해."

사철나무는 만족스러운 웃음을 지으며 은행나무를 올려다보

왔다.

"은행나무야. 나는 다음 생엔 너처럼 예쁜 나무로 태어날 거야. 가을이 오면 노랗게 잎을 칠하고, 겨울이 오면 하얀 눈을 몸에 두르는 거지. 네 단점뿐만 아니라 너에게 있어서 당연한 모든 것들이 나에게는 부럽다고 생각되는 것들이야. 그러니까 너무 너 자신을 미워하지 않았으면 좋겠어. 너는 나뿐만이 아니라 분명 다른 누군가에게도 동경의 대상이 되고 있을 테니까."

은행나무도 행복한 웃음을 지으며 사철나무를 내려다보았다. 바람은 낙엽들을 품에 안고 그들의 곁을 떠났다. 어느샌가 따뜻하게 빛나는 태양이 그 둘을 숨죽인 채 바라보고 있었다.

오늘 오늘 오늘 경기 고양 중산고 강세진

오늘 하루는 특별할 것이라 나는 믿어 의심치 않았다.

꿈에는 제임스 딘이 나왔다. 당연하게도 청바지를 입고 건들거리며, 당연하게도 그는 말했다.

"영원히 살 것처럼 꿈을 꾸고, 내일 죽을 것처럼 오늘을 살아라."

당연하게도 그는 영어로 말했으며, 당연하게도 나는 그의 말을 이해하지 못했다. 내가 그의 말을 정리할 수 있었던 것은 아침에 일어나자마자 '제임스 딘 명언'을 검색했기 때문이었다. 그래서 꿈속의 그가 정말 그렇게 말했는지는 모른다. 내일 죽을 것처럼 오늘을 산다니, 어쨌든 오늘은 분명 특별한 하루가 될 것이었다.

오늘의 날씨는 맑았고, 게다가 비가 왔다. 맑은 하늘에 비가 온다는 것에 대해 곱씹으면서 나는 사흘 만에 대장을 비웠다. 맹렬하게 소용돌이치는 변기를 보며 나는 오늘이 특별할 것이라고 다시 한 번 되뇌었다. 특별히 딱딱한 변이었다.

출근길에 들른 편의점에서 나는 늘 먹던 '전주비빔' 대신 '참치마요'를 집었다. 가장 인기 있는 품목치고는 텁텁하고 느끼한 맛이었다. 참치 살은 게맛살과 다를 것도 없었다. 별로 특별하지 않군, 우물거리며 나는 조금 실망했다. 사은품으로 받은 사과 주스는 식초에 물을 탄 맛이었다.

교통 카드에는 4,380원이 남아 있었다. 늘 타는 버스였고, 늘 보는 기사였다. 늘 보지만 이름도 모르는 사람들이 버스에 와글와글 차 있었다. 붙잡고 인사를 해도 어색하지 않을 것 같지만, 붙잡고 인사를 할 수는 없는 사람들이었다. 나는 또 실망하며 손잡이를 잡았다. 평소와 다른 점이라면 분명 학교에 늦었을 여고생이 노약자석에 앉아 열심히 휴대폰을 두드린다는 것 정도였다. 그녀가 단추를 한 칸씩 잘못 채운 블라우스를 입은 채 어느 학교 앞에서 내리자 나는 별 거리낌 없이 그 자리에 앉았다. 어느새 비도 그쳤고 창밖에는 구름이 조금 끼어 있었으며 나는 늘 내리는 곳에서 내려 늘 그렇듯 20초 정도를 기다리다 횡단보도를 건넜다.

"안녕하세요."

눈을 마주친 것은 그쪽이 먼저였으나 나는 여지없이 고개를 숙인다. 그는 커피를 들고 고개를 끄덕이며 왼손을 대충 들어 보였다. 나는 문득 궁금해졌다. 내가 왜 저 인간의 안녕을 빌어 주어야 하는가? 버젓한 직함과 가정과 집과 차가 있는 사람의 안녕을 왜 직함도 가정도 집도 차도 없는 내가 빌어 주어야 하는가. 늘 그렇듯, 나는 깊게 생각하지 않았다. 어쨌든 오늘은 특별한 하루가 될 테니까.

"시간도 남는데 커피나 마시고 가자."

오전 내 아무 일도 일어나지 않았다. 인디언다움은 어디서도 찾아볼 수 없지만 어쨌든 인디언이 그려진 컵에 담긴 커피를, 동기와 나는 나란히 테이크 아웃했다. 점심시간은 30분 남짓 남아 있었다. 동기는 커피를 다 마시기도 전에 얼음을 와작와작 깨물어 먹었다.

"리암 갤러거한테 숨겨진 딸이 있대."

"능력도 좋네."

그렇게 시간을 때우는 것이다. 아니나 다를까 그것은 루머였고, 뭐 어때, 그런 것은 중요하지 않았다. 나는 이상한 확신을 갖고 뭔가 '특별한' 것을 기다렸다. 5월이었고, 수요일이었고, 이른 오후였다. 하루를, 일 년을, 평생을 단념하기엔 아직 너무 이르다는 생각이 들었다.

수통의 부재중 전화와, 친구에게서 문자가 와 있었다는 것을 깨달은 것은 그런 생각을 할 때 즈음이었다. 나는 당장 그에게 전화를 걸었다. 동기는 멈춰 선 나를 기다리지 않았다.

그는 전화를 받지 않았다. 문자를 보낸 놈은 나와 친하지만, 문자의 내용에 관한 녀석과는 아주 친했었지만 꽤 오래 연락을 하지 않았다. 그를 치고 지나갔을 차와는 더욱이 그랬다. 당황스러울 정도로 나는 태연했다. 다만 제임스 딘의 어깨를 붙잡고 싶은 기분이었다. 당신은 몰라. 당신은…… 청바지를 입고 말이야……. 우리는 어차피 영원히 살지도 못하는데…….

나는 제임스 딘의 어깨 대신 땅에 떨어진 꽃잎을 하나 주웠다. 와아, 엄마 저거 이브지. 여자인지 남자인지 모르겠는 아이가, '이브지'인지 '이쁘지'인지 모르겠는 말을 하며 제 엄마의 손인지 소매인지를 당겼다. 꽃이란 결국 식물의 생식기가 아닌가, 나는 문득 그런 생각을 하며 꽃잎을 떨어뜨렸다.

늦지 않게 회사에 돌아왔다. 늦지 않게 업무를 시작했고, 늦지 않게 업무를 끝냈다. 늦지 말아야 할 다음 업무를 시작하며, 나는 늦으면 안 될 새로운 업무를 받았다.

"그것 좀 지금 보내 줄 수 있을까?"

"네, 지금 드릴게요."

나는 늦지 않은 업무를 전송했다.

그러려고 했으나, 방금 저장한 파일이 보이지 않았다. 잠깐만요. 나는 '최근 문서 목록'과 이동식 디스크를 열심히 뒤졌으나 그들은 맞선에 나온 여자처럼 순결한 모습으로 제 깨끗함만을 내보였다. 무언가 잘못 돌아가고 있다, 그런 생각을 하기도 전에 나는 본능적으로 절망했다. 원초적이고, 직관적이고, 선명한 절망이었다.

손을 씻으며 나는 깨달았다. 정말 특별하군. 별로 기분이 나아지지는 않았으나 나는 그렇게 자위했다. 그래야, 했다. 비누라기보다 차라리 점액에 가까운 것을 손에 짜 비벼도 거품은 나지 않는다. 갑자기 왼쪽 검지가 쓰라려 살펴보니 아니나 다를까 길게 베인 상처가 나 있었다. 그런가 보지. 나는 바지에 손을 문질러 닦았다.

기분이 나아지지는 않았으나 나쁠 것도 없었다. 왠지 그랬다. 그냥, 그랬다. 언제나 그렇듯이, 그냥.

영원한 삶은커녕 '삶'조차 없다는 생각이 들었다. 이건 마치…… 생활이 아닌가.

삶이라면 적어도 젊은 누군가의 사고에 슬퍼하고, 꽃을 꽃으로 보고, 향기를 맡거나 꽃잎을 만지거나…… 또 다치면 알아야 하는 것이 아닌가. 알고 아파해야 하는 것이 아닌가. 나는 생활을 삶으로 오해하여, 산다고 착각하며 생활해 온 것이 아닌가.

그런, 생각이 들었다.

나는 다만 바지에 손을 문질러 닦았다.

별로 특별하지 않은 기분으로, 나는 내가 저지른 특별한 실수를 수습했다. 겨우 복원한 문서를 전송해도 배 나온 대머리는 탐탁지 않은 표정이다. 특별히 배가 나온, 별로 특별하지 않은 머리숱을 가진 남자였다. 문득 나는 내가 왜 특별하다는 어휘에 집착하는지 궁금해졌다. 오늘이 어쨌건 내일은 또 생활인데, 나는 평생 생활만 할 텐데. '영원히 생활할 것처럼'이라면 꿈은 꾸지 않아도 좋지 않을까, 아니면 내일 죽을 것처럼 생활해야 할까. 그런데 내일 죽어도 생활이고, 또 내일 죽을 것처럼 생활한다면 무슨 의미가 있나 싶고, 내가 오늘 아무리 열심히 생활해도 내일, 모레, 글피도 생활일 텐데, 그런데 왜 생활인지도 모르겠고. 저 제임스 딘이라는 작자는 생활을 했나, 삶을 살았나, 저치도 결국 영화를 찍고, 청바지를 입은 엉덩이를 찍히고, 예쁜 여자와 놀아나고, 혹 의외로 문란하지 않은 생활이었나, 삶이었나, 어쨌건 그런 생활을 한 것이 아닌가, 그러면 그는 위선자인가, 혹 백치였나, 나는, 나는 왜 생활을…… 하는가. 왜, 나는, 시간만 때우고 있나. 어쩌면 성실한 생활이야말로 삶인가……. 그러면 그게 뭔가 싶고, 괜히 머리만 복잡해지고, 그런데 계속 생각은 나고…….

해서, 나는 가장 편리한 방법을 이용하기로 했다.

"앞으로는 절대 이런 일이 없도록 하겠습니다."

생각할수록 점점 더 난다
일상

"그래야겠지."

"죄송합니다."

늦지 말아야 할, 다음 업무를 시작한다.

자신의 똥만 다섯 번째 먹는 토끼라도 된 기분이었다. 똥을 먹고, 똥을 싸고, 또 그걸 먹고, 싸고, 또 먹고…… 사실 소리라도 지를 만큼, 단순한, 토끼.

나는 내가 내일 죽지 않을 것을 안다.

09

SUN	MON	TUE	WED	THU	FRI	SAT
			30	30	30	30
30	30	30	30	30	30	30
30	30	30	30	30	30	30
30	30	30	30	30	30	30
30	30	30	30	30		

나에게 와 줘서 고마워,
그리고 미안해 전남 광양여중 이현지

나는 2014년 5월 14일에 생후 2개월인 귀여운 강아지 한 마리를 집으로 데려와 키우게 되었다. 강아지의 이름은 백송이. 이유는 5월 14일이 로즈 데이라는 까닭도 있었고, 한창 드라마에서 천송이라는 이름이 많이 나왔기 때문이기도 했다. 우리 집은 이씨 집안이니까 가족이 되었다는 의미로 '이백송이'라고 이름을 지어 줬다. 우리 가족은 '송이!'라고 불렀다. 그렇게 우리 집에 온 송이는 그야말로 부모님께는 막둥이였고 나에게는 개구쟁이 동생이자 집에서 함께하는 친구였다. 어느 순간 송이는 단순한 개 한 마리가 아니라 우리 집에 절대 없어서는 안 되는 가족이 되었다.

송이가 우리 집에 온 지 한 달쯤 되었을 때 나는 인터넷에서 북미의 베스트셀러 작가인 존 카츠의 『고마워, 너를 보내 줄게』라는 책을 보게 되었다. 책의 간단한 소개에는 이 책이 사람보다 훨씬 빨리 나이가 들어 할머니, 할아버지가 되어 버린 노령견에 대한 대처법, 안락사와 같은 결정과 책임을 지는 방법, 그 후의 슬픔을 견디는 방법 등의 내용으로 채워져 있다고 설명되어 있었다. 아직 송이는 생후 3개월밖에 되지 않은 새끼였지만 송이와 평생 함께 있을 생각이었고 경험상 읽어 두는 게 좋겠다고 생각해서 책을 구입했다. 하지만 후에 방학이 되고, 또 장기 캠프를 가게 되어서 이래저래 책을 읽을 시간이 없었다……고 한다면 변명이겠지만 사실 읽지 못했다. 그렇게 책장에 모셔 두기만 하고 펼쳐 보지도 못한 채로 시간이 흘렀다.

그렇게 캠프에서 돌아온 후 8월 8일 날 송이와 평소 자주 같이 가던 공원으로 산책을 나갔다. 안타깝게도, 송이는 그날 내 품에서 무지개다리를 건넜다. 송이의 사망 원인은 사고였다. 어떤 대형견이 송이의 가슴을 물어서 죽인 것이다. 그날의 일은 내 부주의로 인해 일어난 것이다. 송이와 내가 즐겨 하던 산책 방법은 주위에 사람이 없을 때 목줄을 잠시 풀어 주고 내가 멀리 뛰어가면 송이가 나를 따라 달려오고 내가 칭찬을 하며 간식을 주는 방법이었다. 그날도 공원은 사람이 없어 조용했고, 나는 여느 날과 같이 송이와 달리기를 하고 있었다.

나는 또 한 번 멀리 달려갔다. 그리고 나를 향해 달려올 예쁜 송이를 생각하며 뒤로 돌았는데 목줄 없는 큰 진돗개가 송이를 잡고 물려고 하고 있었다. 송이는 비명을 지르고 있었다. 순간 너무 놀라 내 모든 사고는 정지되었다. 무엇을 할 생각은 절대 할 수 없었고 상황 파악을 할 시간도 없었다.

송이의 이름을 외치면서 바로 송이에게 달려가 송이를 안아 들었다. 그리고 집으로 달려갔다. 송이는 거친 숨을 내쉬고 있었고 그때까지는 나의 부름에 작지만 반응을 했었다. 집으로 가자마자 놀란 엄마와 함께 병원으로 갔지만 가는 도중에 나는 알 수 있었다. 송이의 숨이 멈춘 것을, 내가 애타게 불러도 대답하지 못한다는 것을. 그렇게 8월 8일, 송이가 우리 가족의 곁을 떠났다.

송이가 떠난 날은 금요일이었다. 금요일 당일은 송이를 집으로 데려와서 송이 집에 눕혀 주었다. 송이는 여전히 따뜻했고 편안히 자는 것처럼 보였다. 그날 밤은 언제 잠들었는지도 모르게 계속 울기만 했다. 송이의 사고가 나 때문이라는 생각이 지워지지 않기 때문이기도 했고, 더 이상 반갑게 맞이해 주는 우리 집 막내가 이제는 없어서이기도 했다. 다음 날 부모님과 함께 송이와 송이가 좋아했던 인형, 목줄, 빗, 옷을 함께 묻어 주었다. 진짜로 송이가 없는 집, 허전한 집. 나는 더 이상 송이가 시원한 잠자리였던 체중계 위에도, 어둑한 내 옷장 속에도, 시원한 바람이 부는 선풍기 앞에도, 매일 올라가고 싶어서 점프를 하던 침대 밑에도, 주인님 언제 오실까 기다리던 현관 앞에도, 그 어디에도 없다는 사실에 절망하고 하염없이 아픈 눈물의 구덩이로 들어 갔다. 나는 이 슬픔을 어떻게 감당해야 할지, 송이에 대한 이 미 안함을 어떻게 해야 할지 아무것도 모르는 빈 종이였다.

슬픔의 구덩이에 빠져 헤어 나오지 못하고 있을 때 문득 사 놓고 읽지 않고 있었던 『고마워, 너를 보내 줄게』라는 책이 떠올 랐다. 그 순간 나는 바로 자리를 잡고 책의 첫 장을 펼쳐서 읽기 시작했다. 책은 저자의 경험으로 시작했다. 저자의 반려견 이름 은 '오슨'이다. 첫 장의 첫 줄을 읽었을 때 나는 소름이 돋았고, 한없이 울었다. 이 저자는 오슨을 안락사시킨 후 집으로 데리고 왔는데, 그날이 바로 8월 8일이었다. 8월 8일……. 나에게는 아 주 슬픈 날이기도 하고, 이 책에 흥미를 느껴 집중하여 읽게 해 준 단어이기도 했다. 저자가 오슨을 잃고 슬픔을 극복하는 단계 중 하나인 '슬픔을 받아들여라'에서 저자는 고양이를 키우는 한 여자의 이야기를 들려준다. 이 여자는 야생 고양이이지만 항상 자신이 돌아올 시간 즈음에 현관에서 자신을 기다리는 고양이 와 유대감을 형성하고 자신의 하루 일과를 말하며 난로 앞에서 잠드는 행복한 나날을 보내는 여자였다. 하지만 어느 날부터 고 양이가 현관 앞에서 자신을 기다리지 않았고 나타나지도 않았 다. 그 여자는 몇 날 며칠을 고양이를 찾기 위해 힘썼지만 찾을 수 없었다. 그리고 여자는 직감했다. 고양이가 야생의 어딘가에서 죽었다는 것을. 그리고 받아들였다. 여자는 고양이에게 작별 인사를 할 준비가 되자 고양이가 좋아하던 담요를 가지고 숲으로 갔다. 그리고 준비한 추도사를 큰 소리로 읽었다. "메리캣, 잘가. (중략) 너에게 이 세상의 모든 사랑을 전할게." 나는 이 여자의 정신에 감동했고 존경을 느꼈다. 절대 이 여자는 매정하고 고양이에게 애정을 느끼지 않은 것이 아니다. 동물에 대한 모든 것을 사람이 알 수는 없다는 사실을 받아들인 것이다. 나는 감명을 받았고 그녀를 본받고 싶었다. '그 고양이는 참 행복하겠구나.'라고 생각했던 부분이기도 했다. 그리고 나도 그만 송이의 죽음에 관한 슬픔을 받아들이도록 노력해야겠다고 다짐했다.

그 다음 감명을 받은 단락은 '죄책감 떨쳐 내기'이다. 읽고 눈물을 흘린 부분이 있다. '죄책감은 던져 버리고 여러분이 최선을 다했음을 기억하라. 이런 태도를 가져야 여러분이 반려동물과 나눴던 멋지고 아름다운 관계가 유지되고 슬픔도 치유되기 시작할 것이다.' 나는 문득문득 송이에게 미안한 감정을 가졌었다. 정말 내가 죄책감을 떨쳐 내고 행복했던 시간만을 기억해도 되는 것일까. 송이에게 잘못된 행동이 아닐까. 하지만 이 책을 읽고 생각을 바꾸게 되었다. 이 책은 나에게 나에게는 그럴 자격이 있고 그래야 슬픔이 치유되며 나와 함께했던 송이가 기뻐하고 행복하게 눈을 감을 수 있다는 사실을 알려 주었다.

나는 아직 송이에게 작별 인사를 건네지 못했다. 너무나도 무섭고 왠지 작별 인사를 건네는 순간 모든 것이 끝나 버리고 송이가 멀리 가 버릴 것 같은 기분이 들어서였다. 하지만 이 책은 반려동물에게 작별 인사를 건네는 방법을 알려 준다. 동물의 감정은 단순하다. 인간의 감정처럼 복잡하지 않다. 따라서 동물들은 우리에게 단순한 사랑과 충성을 무조건적으로 준다고 한다. 그래서 이 사랑받기 힘든 세상에서 매일 받는 동물들의 무조건적인 사랑은 아주 소중하다. 저자는 자신의 반려견인 오슨의 죽음을 통해 동물에게 마음을 열고 자신을 존중하며 이별하는 방법을 배웠다고 한다. 오슨의 죽음은 사랑의 힘과 깊이를 보여 주었다고도 한다. 그리고 사랑이 얼마나 필요하고 중요한 것인지도 알게 해 주었다고 한다. 그는 마침내 오슨이 그 어떤 필연적인 이유로 자신에게 왔고 때가 되어 자신을 떠났다는 사실을 알게 되었다고 했다. 나는 이 단락에서 작별 인사의 필요성을 느꼈다. 오슨뿐만 아니라 송이도 나에게 사랑의 필요성을 알려 주었고 매일 나에게 무조건적인 사랑을 줬다. 동물을 더 사랑하고 존중할 수 있게 해 주었고, 나를 더 성숙하게 만들어 주었다. 송이는 나에게 많은 선물을 주고 떠났다. 그런데 내가 슬픔과 죄책감에 빠져 작별 인사도 제대로 못한 채 송이와의 추억을 단순히 슬픔으로만 덮어 버릴 수는 없는 것이기에, 이건 아주 소중하고 귀중하며 더 없이 아름다운 것이기에, 나는 송이에게 제대로 된 작별 인사를 하고 마음을 열어 이야기할 것이다. 물론 송이가 옆에 있는 것은 아니지만 송이는 내 곁에 있다고 생각하니까. 송이가 남기고 간 선물을 간직하고 가슴에 담을 것이니까.

　마지막으로 이 책은 나에게 반려견과 편지를 주고받아 보라고 제안한다. 이런 기회를 가질 수 있게 해 준 이 책에 나는 너무나 감사한다. 잘은 모르지만 송이가 나에게 이런 마음을 가졌으면 하고 바란다.

　주인님에게

　주인님을 만나서 좋았어요! 당신의 가족을 만나서 행복했어요! 나를 위해 너무 울지 말아요. 내가 먼저 간다고 너무 슬퍼하지 말아요.

　주인님을 원망하지 않아요. 주인님은 나에게 최선을 다했고 난 사랑을 듬뿍 받았어요. 주인님과 함께 산책하는 시간이 좋았고, 주인님의 숨소리를 들으며 잠드는 게 행복했어요. 주인님이 외출하셨을 때에도 창밖으로 지나다니는 사람들과 차를 구경하는 게 좋았어요.

　난 아직 주인님 곁에 있어요. 나를 잊지 말아 주세요. 고마워요. 사랑해요.

　　　　　　　　　　　　　　－ 지금 너무나 행복한 이백송이가

너무나 소중한 우리 이백송이에게

송이야, 내가 너를 처음 데려왔을 때에는 이렇게 네가 소중한 존재가 될 거라 생각하지 못했어. 넌 나에게 행복한 선물이었고, 내가 많은 것을 배우고 느끼게 해 준 존재였어. 매일 하루를 마치고 집에 오면 꼬리를 흔들며 나를 맞아 주는 네가 있어 행복했어. 내가 자고 있으면 어느새 나의 곁으로 와 옷장 속에 들어가 자고 있는 너를 보며 웃는 게 좋았어.

너와 함께한 모든 시간이 꿈만 같아. 난 지금도 네가 곁에 있다고 느껴. 나는 이제부터 슬픔을 받아들이고 너와의 소중한 추억을 잊지 않게 기록할 거야.

너에게 작별 인사도 멋있게 건넬 거고, 죄책감을 버리고 너와의 행복했던 시간만을 기억할 거야. 너를 절대 잊지 않을 거야. 절대 잊지 못할 거야. 송이야, 고마워. 미안해.

송이야, 사랑해.

– 못난 주인 현지가

나는 이 책을 통해서 어떻게 해야 할지 모르겠던 송이와의 이별 상황을 천천히 극복하는 방법을 배울 수 있었고, 실천할 수 있었다. 또한 이별하는 올바른 자세를 보여 주는 많은 사례를 통해 자신감을 얻을 수 있었다. 나는 이 책을 통해 평생 하지 못할 것 같던 송이와의 작별 인사를 했고 슬픔을 받아들이는 방법, 새 반려동물에 대한 다양한 생각 등 정말 많은 정보와 힘을 얻을 수 있었다.

나는 이 책을 써 준 저자에게 감사하고 이 책을 여러 번 다시 읽으며 송이를 잊지 않고 오랫동안 기억할 것이다. 이 책은 나와 같이 반려동물을 잃은 슬픔에 빠진 사람들에게 더없이 좋은 책이다. 나는 이 책을 반려동물의 주인들에게 꼭 추천하고 싶다.

눈물은 언제나 짜다 강원외고 백소연

　눈물은 왜 짠가. 삶에 찾아온 짙은 농도의 고난이 담겨 있기 때문일까. 말로 표현할 수 없는 슬픔을 절절히 나타내고 있기 때문일까.

　그는 가난의 이유를 찾으려 하지 않는다. 그는 가난으로 인해 사람들이 어떤 삶을 살고 있는가를 그의 산문을 통해 세세히 묘사할 뿐이다. "은행에서보다 사람들이 더 진지한 곳이 어디 또 있을까. (중략) 이 자본주의 체제에서 삶에 공기 같은 역할을 하는 돈을 공급하는 곳이 은행 아니던가. 그런데 나는 이곳 은행에 들러 돈을 공급받은 적이 별로 없다."라는 구절은 사람들의 가난을 담담하게 나타내 주고 있다.

　"탁하고 찌든 내 마음에 어쩌다 맑고 올바른 생각이 일면 그것을 그냥 놔두지 못하고 시를 쓴네 하고 끄집어내는 나와 낚시꾼이 무엇이 다르단 말인가." 마음의 소리를 담아내는 것이 시인이다. 진심을 글로 표현해 내는 것이 시인이다. 하지만 가난

속에서 이상적인 시를 쓰겠다는 시인들의 바람은 사치가 되어
버린다. 누구나 원하던 '훌륭한' 시인이 되기 위한 여유는 없다.
가난이란 그런 것이다. 내 꿈이 가난과의 사투 속에 빛이 바래는
것을 지켜보며 현실과 이상의 괴리감으로 절망스러운 순간이
다. 하지만 저자는 가난이라는 것을 부정적이게만 나타내고 있
지 않다. 그 속에서도 따뜻한 시선으로 주위를 둘러보며 진정으
로 사람답게 사는 것이 무엇인가에 대해 탐구한다. 나는 그 예로
이 책에 나오는 '샐러리맨 예찬'이라는 시를 소개하려 한다.

> (전략) 쥐가 물동이에 빠져 수영할 힘이 떨어지면 꼬리로 바닥을 짚
> 고 견딥니다 삼십 분 육십 분 구십 분 — 쥐독합니다 그래서 쥐꼬리
> 만 한 월급으로 살아가는 삶은 눈동자가 산초 열매처럼 까맣고 슬
> 프게 빛납니다

사람들이 말하는 쥐꼬리만 한 월급이라는 것은 쥐꼬리처럼
강한, 모든 것들을 견뎌 낼 수 있는 것이다. 저자는 이 시를 통해
가난 속에서 꿋꿋이 살아가는 서민들의 생활을 그려 낸다.

내가 그들의 가난을 완전히 이해할 수는 없다. 가난이라는 것
은 내가 가진 모든 것을 포기해야 하는 아픔이라는 것을 어렴풋
이 짐작할 뿐이다. 하지만 내가 지금 누리는 모든 것은 이전 세

대 어른들의 가난 위에 세워진 것이라는 건 안다. 그들이 가난을 꿋꿋이 버텨 냈기에 현재가 존재하는 것이다.

가난 속에서 시는 이 시인을 버티게 한 힘이었다. 지금 나에게 있어 힘이 되어 주는 건 가족이다. 떨어져 지내지만 항상 날 생각해 주는 가족들이 있기에 신체적으로도 정신적으로도 힘든 기숙 학교생활을 잘 해 나가고 있다. 앞으로 사회생활을 하면서 내가 더 이상 가족에게 기댈 수 없을 때 함민복 시인에게 있어서의 '시' 같은 존재가 나에게도 있었으면 좋겠다. 내가 일을 하면서 행복할 수 있다면 그건 더할 나위 없이 바람직한 삶일 것이다.

눈물은 왜 짠가. 그 속에는 가난과 고통, 그로 인해 겪은 온갖 서러움, 좌절 그리고 이 모든 것들을 나의 사람들과 함께 견뎌 낸 시간들이 있기 때문이다. 그 시간들이 있기에 눈물은 언제나 짜다.

틀을 깨다 부산동고 김준현

철학. 철학처럼 학문의 이름만 듣고 그게 무엇에 대해 탐구하는 학문인지 알기 어려운 것도 없을 것이다. 물리학이면 물리 현상에 대해 연구하는 학문이고 역사학이면 역사에 대해 고찰하고 고증하는 학문인데 철학 같은 경우는 이름만 듣고서는 무엇에 관한 학문인지 알 수가 없다. 사전에서는 철학을 이렇게 정의한다.

철학 philosophy, 哲學   인간과 세계에 대한 근본 원리와 삶의 본질 따위를 연구하는 학문

애석하게도 이런 딱딱한 표현을 우리의 머리는 썩 잘 이해하지 못한다. 나 또한 철학이 무엇인지 정확히 모르는 까닭에 그저 골치 아픈, 어려운 학문이라고만 지레짐작하고 있었다. 하지만 『사춘기 철학 교과서』라는 책을 읽다 보니 그런 생각은 눈 녹듯

사르르 사라졌다.

이 책의 저자는 철학을 한 문장으로 표현한다. 가급적이면 많은 사람의 신뢰를 얻을 수 있는 합리적인 체계를 만드는 것. 그의 생각에 덧붙여 나만의 정의를 내리자면 '고민'과 '호기심'에서 나온 의사소통을 통해 보다 나은 체계를 성립하는 것, 그것이 철학이다.

책을 읽기 전, 목차를 먼저 훑어보던 중 한눈에 내 마음을 사로잡은 논지가 있었다. '운명과 자유', 우리는 정말로 '운명' 앞에서 '자유'로울 수 있을까? 영화 「마이너리티 리포트」는 바로 운명에 대해 이야기하는 영화다. 주인공 존 앤더슨은 '범죄 예방 시스템'으로 예정된 범죄자들을 잡아들이는 자신이 살인자로 지목되자 운명으로부터 벗어나려 발버둥을 친다. 앤더슨은 자신이 살인자가 될 것이라는 운명을 부정하며 범죄 예방 시스템의 비밀을 파헤치기 시작하지만, 자신의 아들을 납치해 살해한 유괴범을 찾아내자 예언대로 그에게 총을 겨눈다. 운명에 이끌려 총을 쏠 것인가, 운명을 뿌리치고 총을 거둘 것인가 하는 선택의 기로에 서 있을 때, 예언자 애거사는 앤더슨을 향해 이렇게 속삭인다. "너는 선택할 수 있어. 너는 선택할 수 있어." 결국 앤더슨은 운명의 굴레에서 벗어나 분노를 억제하고 총을 거둔다.

우리의 삶도 이와 같다. 우리가 대한민국에서 태어난 것은 우리가 선택한 결과가 아니다. 이 세상 모든 사람들은 민족, 국가나 문화, 성별을 선택하지 않았다. 우리가 선천적으로 가지고 태어난 이름표들, 그것이 바로 운명일 것이다.

그러나 우리는 이러한 운명에서 자유로워질 수 있다. 보다 더 나은 미래를 위해 우리의 삶을 개척할 수 있는 것이다. 우리는 수많은 선택을 통해 세상을 살아 나가고 그 선택의 주체는 바로 나 자신이다. 우리가 어떤 삶을 그리고 세상을 어떻게 바라보고 살아 나가는지는 개인의 몫에 달려 있는 것이다. 인간은 끊임없이 운명을 개척해 나가는 존재이다.

함께 읽었던 『Mr. 박을 찾아 주세요』라는 책도 혼외 자녀를 소재로 쓴 운명에 대한 이야기이다. 그들은 자신들이 그렇게 태어나길, 부모로부터 버림받기를 원하지 않았을 것이다. 그러나 혼외 자녀들은 주어진 운명 때문에 마음에 큰 상처를 안고 산다. 다른 아이들은 부모님 밑에서 모자란 것 없이 순탄하게 인생의 길을 밟아 가는데 그들은 부모로부터 자신이 존재를 부정당하고 그로 인해 인생에 홀로 서게 된다. 인생이라는 레이스를 시작하는 스타트 선이 사람마다 다른 격이다. 이 같은 고민이 내 머릿속을 가득 채웠을 때 이 책을 보았고, 나는 그 답을 찾았다.

우리는 보이지 않는 수많은 밧줄들에 의해 둘러싸여 있다. 보이지 않지만 아주 단단하게 묶여 있는 그런 밧줄이다. 그런 것들을 우리는 보통 '사회적 편견'이라고 부른다. 우리들은 흔히 그런 말을 한다. '남자는 ~해야지.', '여자아이가 뭐 저렇게 덜렁거려?' 그러나 이제는 여자들의 고유 직업으로 여겨졌던 미용 분야에 종사하는 남자들을 많이 볼 수 있다. 요리사, 버스 기사 등등의 직업도 마찬가지이다. 이미 누군가의 역할이나 존재를 타인의 시선에서 정의 내리는 시대는 지나갔다. 앞서 말했듯이 자신의 운명을 스스로 개척해 나가는 인간에게 있어 운명의 틀이란 없는 것이다. 모양도 제각각일 것이고, 크기도 색깔도 제각각이지 않을까? 영화 「마이너리티 리포트」의 주인공도 결국엔 운명에 사로잡혀 있지 않고 시련을 기회로, 고통을 행복으로 바꾸어 낸다.

우리만의 고유한 틀을 만들어 나가는 것. 그것이 인생이다. 힘든 상황에서 생기는 시련은 우리가 '틀'을 깨트려 더욱 크게 만드는 과정에서 생기는 성장통이다. 우리만의 역할을 누구에게도 구애받지 않고 선택해 나가는 것, 그것이 인생을 살아가는 방법 아닐까? 그렇다면 철학은 인생이라는 목적지를 향한 지도이자 보다 쉽고 정확하게 옳은 길을 찾아 나가게 하는 나침반이 될 것이다.

영화가 된 우리의 순간들 인천 산마을고 설태인

산다는 건 너무 축축해요

영화처럼 살고 싶으시군요

시뇨리따 시뇨리따

영화 속에서 튀어나온 여자가 내 머리 위로 뛰어갔다

그 위로 새가 날고

발치께선 바람이 일었다

– 고경숙, 「극장에서」 중

영화 보는 걸 좋아한다. 먼지 나는 퀴퀴한 하루들이 반복될 때
나 현실과 몇 걸음 떨어진 기분을 느끼고 싶을 때, 혹은 꿈속의
필름들을 되감고 싶을 때나 느릿한 무기력함이 방 안을 감돌 때,
아니면 문제 풀이로 뇌를 쥐어짜느라 잠시 잊은 감정들을 되찾
고 싶을 때, 그때마다 나는 영화를 본다.

산마을에서도 그랬다. 3년을 살며 몸이 뒤틀릴 듯 심심했던

적도, 물처럼 고인 일상을 뒤엎고 싶은 적도 있었다. 가끔 별것도 아닌 일로 우울하거나 낯선 공간과 시간으로 떨어지고 싶었던 적도 수두룩했다. 그럴 때마다 종종 영화를 봤다. 말도 안 되는 이야기이거나 너무나도 현실적인 얘기, 같은 상황이라면 나도 느꼈을 법한 감정부터 왜 저런 행동을 하나 싶은 태도까지. 그게 무엇이든 저마다의 이야기와 그 속의 인물들은 하나씩 마음에 박혔다. 영화를 본 뒤의 여운만큼 무엇을 볼까 골라내던 찰나의 설렘도 좋았다. 그렇게 불 꺼진 기숙사 안, 작은 노트북 속에서 전환되던 무수한 장면들은 2시간짜리의 위로로 남았다.

영화는 추억과 맞먹었다. 바스락 소리가 날 때마다 급하게 노트북을 여닫다가 현미 쌤에게 들켜 꾸중을 들었던, 달동 1번 방에서 룸메이트 진명이와 숨죽이며 보았던 「헤드윅」. 잔류 날의 컴컴한 밤 1학년 교실에서 몇몇 여자애들과 봤던, 아마 혼자서는 파일을 열지도 못했을 「이웃 사람」. 희준이와 김조광수 감독을 보고 인사할까 말까, 사인 받을까 말까 망설이기 전 보았던 「두 번의 결혼식과 한 번의 장례식」. 그동안 의심했던 민석이의 영화 취향에 조금의 신뢰를 가져다 준, 다 같이 보며 거듭되는 반전에 몸서리쳤던 「트라이앵글: 버뮤다 삼각 지대」까지. 영화 한 편을 꺼내면 그곳에 얽히고설킨 기억들도 우수수 딸려 온다.

그래서 더더욱 영화 보기를 즐기는지도 모르겠다. 영화 자체가 남기는 감상뿐 아니라 영화를 보던 당시의 상황과 곁에 있던 누군가들까지 마음에 남기 때문에. 마치 영화를 보는 순간들이 또 하나의 필름이 되어 돌아가는 느낌이다.

그래서 졸업 문집의 주제는 자연스레 영화가 되었고, 산마을에서 느낀 몇 가지 생각을 영화와 연결해 보기로 했다. 진지한 고민이든 웃고 넘길 사소함이든, 산마을에선 정체불명의 잡생각들과 멀어질 틈이 없다. 돌이켜 보면 별것도 아닌 그것들, 하지만 가끔씩 '멘탈'을 뒤흔드는 온갖 자잘한 생각들이 있었기에 우리가 이만큼 자랄 수 있었는지도 모르겠다. 그런 고민들을 위로해 주거나 나름의 답을 주었던, 혹은 더 복잡한 생각을 안겨 주었던 영화 중 두 편을 골라 몇 자 적어 보았다.

오늘날, 우리들의 존재 방식

영화 「잉투기 INGtoogi: The Battle of Surpluses」, 엄태화(2013)

산마을 생활을 하며 모두가 꿈꾸는 것은 단연 '잉여로운 삶'일 것이다. 동아리, 각종 행사, 수행 평가, 개인 공부 등으로 눈코 뜰 새 없이 바쁜 하루하루를 보내다 보면 일 년은 금방 지나가 버린다. 그래서인지 '딱 일주일만 아무것도 안 하고 살 수는 없을까, 여긴 놀고먹고 쉬기 딱 좋은 환경인데 말이야.'라는 생각을 종종 하곤 했다. 하지만 졸업 후에도 잉여가 되고 싶냐 물으면, 그건 다시 생각해 봐야 할 문제다. '졸업 후의 잉여'라는 것은, 자취방에서 라면으로 끼니를 때우고 추리닝을 입은 채 TV 채널을 열심히 돌리는 백수와 맞먹는 느낌을 지울 수 없다. 하지만 아쉽게도 오늘날 청년 세대를 대표하는 단어는 '잉여'가 되어 버렸고, 이는 요즘 청년들 대다수가 사회 변화와 발전에 어떠한 역할이나 이바지를 하지 못하는 무기력한 존재임을 말해 준다. 선택받은 소수가 아닌 나머지는 모두 잉여가 되어 버리는 사회 속에서 청년들은 무력하게 떠다니고 있는 것이 현실이다.

「잉투기」의 주인공들 역시 잉여다. 인터넷 커뮤니티에서 '칡콩팥'으로 활동하며 자신이 가장 센 사람임을 어필하던 태식은, 어느 날 같은 커뮤니티의 '젖존슨'에게 일방적인 구타를 당하고 이 영상은 인터넷에 퍼지게 된다. '젖존슨'에게 복수하기 위해 태식은 절친한 친구인 희준과 함께 격투기를 배우고, 격투 소녀이자 먹방 방송 DJ인 영자를 만나며 이야기는 흘러간다. 영화는 인터넷 커뮤니티나 개인 방송 같은, 현대인과 밀접한 문화를 통해 넘쳐 나는 에너지를 엉뚱한 곳으로 발산하는 청년들의 삶을 그려 낸다. 무기라곤 오직 '젊음'밖에 없는 영화 속 주인공들은 사회가 추구하는 효율성이나 빠른 것들과는 거리가 멀지만, 아무것도 하지 않는 무기력함과는 다르다. 처음엔 잉여임을 부정하며 자신을 숨기던, 혹은 욕망을 빗나간 경로로 표출하던 그들은 영화 속에서 새로운 소통 방식을 익히고, 우여곡절 끝에 자신을 바라보며 아주 작은 한 발짝을 내딛는다.

「잉투기」의 연출은 가벼워 보이기도 하지만, 인물들이 던지는 대사는 가끔 나를 멈칫하게 하였다. 이민을 간다는 엄마에게 태식이 대꾸한 '우리가 언제 같이 살았어? 같은 집에 산다고 같이 사는 건 아닌 것 같은데.'라던가, 영자가 태식에게 말한 '아저씨만 심각하지 다들 존나 비웃을걸.' 같은 대사는 오늘날 서로에게 무심하고, 그 사이에서 소외되는 개인들의 모습을 보여 주는 것 같았다. '싸우는 청춘'이라는 영화의 부제목처럼 자신을 둘러싼 것들, 세상과의 싸움을 진행 중인 그들의 모습을 보면 이기고 지는 건 전혀 중요하지 않게 느껴진다. 또한, 내가 잉여인지 아닌지 고민하는 '존재 자체에 대한 고민'만큼, 나의 위치를 부정하지 않고 어떻게 살아가야 하는지 고민하는 '존재 방식에 대한 고민' 역시 중요함을 느꼈다. '나는 대안 학교 학생일까, 고삼일까?' 라는 본질적인 고민도 좋지만, 대안 학교 학생으로서, 고삼으로서 어떤 삶을 살아야 하는지 생각하고 행동하는 것은 어떨까.

나를 둘러싼 것들을 끌어안는 법

영화 「로열 테넌바움 The Royal Tenenbaums」, 웨스 앤더슨(2001)

'인간관계'라는 네 글자는, 3학년이 되어 모든 걸 해탈할 무렵에서야 머릿속에서 사라진 단어이다. 아마 산마을 사람 모두가 — 적어도 여학생들은 전부 — 인간관계에 대한 잡다한 생각을 떠안고 있을 것이다. 전교생 60명의 작은 세상 안에서 우리는 지지고 볶으며 복잡한 관계망을 맺어 나간다. 끈끈하고 찐득한 관계부터 마주치면 가벼운 인사만 스치는 관계까지. 한 사람의 행동이 전체에 영향을 줄 수 있는 작은 공간 속에서 인간관계 때문에 스트레스받는 일은 손에 꼽을 수 없을 정도였다. 개성 있고 다양한 사람들 사이에서 내가 가진 존재감을 적절히 드러내는 일은 무척 힘들었고, 아무것도 안 했음에도 불구하고 이리 치이고 저리 치이는 느낌을 받은 적도 많았다. 고민한다고 해서 명쾌한 답이 나오지 않았던 인간관계는, 예측 불가능한 모습으로 변하면서 나를 지치게 하기도, 즐겁게 만들어 주기도 했다.

「로열 테넌바움」은 가족 영화에 가깝지만, 나에게는 전체적인 인간관계를 다룬 동화책으로 다가왔다. (동화책이라는 단어는 웨스 앤더슨 감독의 집착적인 대칭 화면과 알록달록한 색깔을 보면 저절로 떠오르는 말이다. 게다가 영화의 구성 역시 책처럼 챕터별로 나눠져 있다.)

영화는 왕년에 잘나갔던, 엄마, 아빠 그리고 세 남매로 이뤄진 테넌바움 가족이 콩가루가 되는 과정과 나름대로의 인생을 살고 있는 그들 각자의 삶을 보여 준다. 떨어져 산 지 몇 년이 넘었지만, 아버지인 로열 테넌바움이 시한부 인생을 선고받았다는 소식을 듣고 한 집에 모이는 가족은 예전과 다를 바 없이 티격태격하고, 30대 자식이나 70대 부모나 마치 어린아이처럼 행동하기도 한다. 하지만 그들은 있는 그대로 자신을 드러내는 것이 곧 서로를 위한 것이라는 사실을 알고 있다. 상대를 배려하지 않는 무례함이나 인위적인 존중이 아닌 서로의 본모습까지도 껴안는 것, 테넌바움 가족이 서로를 사랑하는 방식이다.

독특한 성격을 가진, 너무나도 개성 넘치는 그들은 멀리서 보기엔 전혀 어우러지지 않는 듯하다. 하지만 테넌바움 씨는 오랜만에 만난 부인에게 '다투고 소리치고 온종일 싸움이야. 그렇게 싸우면서도 순간순간을 사랑해.'라고 얘기한다. 테넌바움 가족들만큼이나 산마을 사람들도 온갖 해괴한 성격, 유별난 취향을 가지고 있다. 하지만 우리는 그들처럼 날것의 나를 드러내거나, 다른 존재 그 자체를 끌어안는 데는 많이 서툰 것 같다. 하지만 어찌해도 피곤해질 인간관계라면, 이런저런 기준으로 타인을 재단하지 말고 서로의 그대로를 바라보는 것은 어떨까. 또한 휘황찬란했던 집안이 서서히 무너지는 모습을 바라보는 그들의 모습 역시 인상 깊었다. 다소 비극적인 상황임에도 불구하고, 테 넌바움의 세 남매는 심드렁한 표정으로 제 할 일을 할 뿐이다. 비극을 비극으로 받아들이는 순간, 걷잡을 수 없이 슬퍼지리라 는 것을 알고 있기에 그들은 자신의 삶을 있는 그대로 받아들인 다. 자신을 둘러싼 관계뿐 아니라 흘러가는 삶 자체를 온전히 살 아 내는 테넌바움 남매의 모습이 바로 나다운 삶을 사는 방식이 아닐까.

이렇듯 나는 영화가 주는 여운뿐 아니라 인물들의 삶을 내게 대입해 보고, 삶의 태도를 하나씩 배워 가는 것이 좋다. 3년간의 산마을 생활에서 역시 알록달록하면서도 칙칙하고, 공감되면서 도 이해할 수 없는 많은 일들이 일어났다. 당시에 나를 쥐락펴락 했던 온갖 희로애락들은 이제는 흐릿해졌지만, 가끔씩 어렴풋 이 기억나기도 한다. 마치 영화를 보는 것처럼 말이다. 아마 졸 업하고 나서도 이곳에 얽힌 기억들은 한 편의 필름이 되어 머릿 속에서 돌아갈 것 같다. 산마을을 둘러싼 초록빛과 어디서든 따 스했던 햇볕들, 오밀조밀한 학교 곳곳에서 있는 힘껏 자신을 드 러내며 함께 자랐던 우리들이 그리울 때마다.

4 이러한 현실도 있다는 것 _사회

정의란?

어두운 그림자를 물리치는 것

인천 계산중 박진원

강남의 경비원 충남 천안월봉고 김성근

경비원은 바쁘다.
이리 치이고 저리 치이고
이거 해라 저거 해라.

경비원은 아프다.
주차 전쟁, 층간 소음
주민 갑의 요구와 불평에
경비원 을은 멍든다.

욕심 없이 늙은 게 죄
이 나이에 돈 벌어야 하는 죄

그 죄가 너무 부끄러워
한 아들의 아버지가

귀여운 손자의 할아버지가
목숨을 내려놓는다.

농부의 마음 충남 태안고 전수빈

8월 햇빛에 바람에
바쁜 농부의 손
붉은 밭을 파기 쉽지 않지만
오늘 농부는 품앗이를 한다.
사람들에게 매운맛 만들어 주고
땀 흘리며 붉은 열매 따는 농부
푸대에 한가득 담아
하우스에 고루 널어 말리고
마음에서 가장 따뜻한 사랑을 주는 농부
한낮에도
열심히 똑똑거리는 농부

8월 햇빛에 바람에
바쁜 농부의 손을

붉은 밭을 누비는 농부를

오늘날
그 누가 농부의 마음을 아는가.

이러한 현실도 있다는 것
사회

안대 경남 김해분성고 심용환

한 작가가 말했다.
왼쪽 눈으론 불행함을 보고
오른쪽 눈으론 행복함을 본다고.

우린 모두
두 눈을 가지고 태어났지만
어른들은
아이들의 오른쪽 눈에
어른들의 잣대라는
안대를 씌운다.

그러곤

말한다.

왼쪽 눈으로 행복함을 보라고.

그렇게 왼쪽 눈으로 살다가
그마저도 스스로 감아 버린다.
안대를 풀 생각도 못 한 채.

고양이 강원 강릉고 조진영

나는 고양이다. 집고양이가 아니라 어둡고 위험한 골목을 나의 집으로 삼은 길 고양이다. 나는 고양이로서 인간의 소유물이나 친구가 아니다.

그때도 평상시와 같이 나의 골목들을 돌아다니면서 먹이를 찾고 있었다. 그런데 이럴 수가. 길을 돌아다니다가 참치 통조림을 발견한 것이었다. 믿을 수가 없었다. 이런 길 한가운데 참치 통조림이 떡하니 있는 것은 분명한 미끼였다.

그러나 나의 후각 세포가 냄새를 맡고 난 후 나는 몸의 통제를 잃었고 나의 의지는 배신되었다. 내가 정신을 차렸을 때는 이미 통조림을 모두 먹은 후였고, 나는 배부름과 기쁨의 울음을 냈다. 하지만 그것은 오래 가지 못했다. 약간의 시간이 흐른 후 난 식곤증을 느꼈고 그만 잠에 빠져 들고 말았다.

잠에서 깬 나는 주위의 환경이 무척이나 변해 있는 것을 느꼈다. 나의 눈앞에는 전봇대가 아닌 철창이 보였고 옆에는 또 다른 고양이 한 마리가 있었다. "여긴 어디지?" 내가 그 고양이에게 물으니 그 고양이가 대답하길, "넌 아마도 나처럼 함정이나 미끼에 홀려서 잠에 빠졌을 거야. 이곳은 보호소라는 곳이지." "보호소?" "그래, 보호소. 이곳은 너와 나같이 집이 없어 통제가 불가능한 동물들을 잡아다가 보살펴 주는 곳이지." "그래? 괜찮은 제안 같은데 왜 우린 철창 안에 갇혀 있는 거지?" "우린 감금당해서 보살핌을 받는 거야. 죽을 때까지……." "난 이곳에 평생 머물 수 없어. 나의 터전으로 돌아가야 돼." "미안하지만 넌 이곳에서 살다가 죽을 거야." 그 고양이의 말은 거의 맞았다. 인간들이 우리를 돌봐 주었고 휴식을 제공했지만 난 인간의 소유물이 아니었고, 난 그곳에서 죽고 싶지 않았다. 난 탈주를 생각했다.

어느 날, 여느 때처럼 한 인간이 와서 우리에게 먹이를 주기 시작했다. 나는 한순간 어떤 생각이 번뜩였고, 그 생각을 실행했다.

그가 우리에게 먹이를 주고 난 후 난 계속 울기 시작했다. 한 십여 분가량 우니까 그가 돌아와서 날 이 지옥 같은 철창에서 꺼내 살펴보기 시작했다. 그가 얼굴을 가까이 들이미는 그 순간 난 나의 크고 아름다운 발톱으로 그의 콧잔등을 할퀴었고 그는 고통에 소리치면서 나를 놓쳤다. 나는 내가 낼 수 있는 최고의 속도로 도망치기 시작했고 수많은 길을 지나 드디어 아스팔트의 냄새를 맡을 수 있었다. 그러나 내가 도로로 뛰어들려는 순간 차들이 지나다니기 시작했고 나는 고민에 빠졌다.

나는 수많은 동물들이 차에 치여 죽는 것을 보았다. 하지만 뒤에는 인간들이 날 잡으러 오고 있었기에 나에게는 선택의 여지가 없었다. 마침내 내가 결정을 내리고 앞으로 뛰어들었을 때 버스가 날 치고 지나갔다. 버스에 치이는 순간 난 인생이 덧없다는 걸 느끼면서 기절했다.

나는 눈을 뜨기가 두려웠다. 내가 죽었을 수도 있고 아니면 인간들이 날 살려 내서 다시 철창에 가뒀을 수도 있다. 그 사실이 너무 두려웠지만 나는 마침내 눈을 떴고, 내가 나의 집, 나의 골목에 돌아온 것을 느낄 수 있었다. 마침내 나는 자유를 얻은 것이다. 기쁨에 춤을 추려는 순간 난 뭔가 이상함을 느꼈다. 나의 아랫부분이 허전했다. 두려움 속에 내 하반신을 내려다보았고, 난 기절했다.

나의 유일한 친구, 나의 자랑, 나의 2세가 사라졌기 때문이었다. 이건 말도 안 된다. 이 인간들은 내가 자신들의 뜻을 따르지 않고 도주하다가 다치자 나를 정신적으로 죽인 것이다. 차라리 나를 죽이지, 이런 일을 해 놓다니……. 그들은 악마가 틀림없다.

인생이 덧없다. 나는 오늘 죽을 것이다. 내가 이렇게 자신하는 이유는 내가 지금 어떤 높은 건물의 옥상에 있고 또한 내가 자살을 생각하고 있기 때문이다. 내 위로는 푸르른 하늘이 보인다. 맑고 구름 한 점 보이지 않아서 가슴 속까지 시원하게 해 주는 가을 날씨이다. 아래쪽으로는 나의 정든 골목들과 그 사이를 지나다니는 악마들이 보인다. 나는 살려고 노력했지만 주변에 보이는 모든 인간들이 악마로 보이면서 고통을 견딜 수가 없다. 만약 내가 다음 생에 인간으로 태어나더라도 나는 다시 스스로 목숨을 끊을 것이다.

이렇게 아름다운 날, 나는 바닥을 향해 질주한다.

"그 소문 들으셨나요?"

"네? 무슨 소문이요?"

"우리 아파트 단지에서 자살한 그 청년이요, 그 청년이 부모님도 모두 살아 있는데 미쳤는지 스스로를 고양이라고 하고 다니는 거예요. 가족들이 걱정해서 정신 병원에 보냈는데 글쎄 의사 얼굴을 손으로 할퀴고 도망쳤대요."

"근데요? 어떻게 됐나요?"

"도망치다가 버스에 치여서 그만 하반신이 불구가 됐대요. 가족들이 그를 보살피기 위해서 집으로 데리고 왔는데 며칠 살다가 옥상에서 뛰어내렸나 봐요."

　"왜 하필 우리 아파트죠. 죽을 거면 딴 곳에 가서 죽을 것이지. 후, 또 땅값이 내려가겠네요."

　"그러니깐요. 어쨌든 우리가 입을 조심해야겠죠. 그나저나 승우가 또 상을 탔다고요?"

　"어머, 소문을 들으셨나 보네. 호호호, 글쎄……."

낙화

경기 파주 교하고 김용기, 박소희, 박정아, 배수현, 안정연

| 작품 소개 |

원조 교제는 가출 청소년들 사이에서 손쉽게 돈을 벌 수 있는 방법으로 만연해 있다. 이 과정에서 많은 여학생들이 상처를 받아 몸도 마음도 병든다. 이 작품을 통해 이러한 현실도 있다는 것을 보여 주고자 했다.

| 등장인물 |

어머니 배수현. 일을 하느라 바쁨. 항상 딸을 생각하지만 표현을 잘 못함.

박소희 원래는 밝았지만 사건 이후로 말이 없어진 18세 소녀.

친구 1 박정아. 심술궂고, 남의 잘못을 물어뜯기를 좋아함.

친구 2 안정연. 친구 1의 오랜 친구로, 성격도, 하는 짓도 비슷함.

교사 김용기. 학생들한테 관심이 없음. 그저 자신이 지도하는 학생들의 대학 입학 실적을 올리는 데 급급함.

막이 열리고 교실에는 친구 1, 2가 앉아 수다를 떨고 있다.

친구 1: (속삭이는 목소리로) 야, 박소희 원조 교제한다며?

친구 2: (놀라며) 헐……. 진짜 저질이다. 왜 그러고 살지?

친구 1: 어휴……. 진짜 그런 애랑 같은 학교라는 게 창피하다.

문이 열리고 박소희가 들어온다. 친구 1, 2는 박소희를 힐끔거리다가 다시 수다를 떤다.

박소희: (독백) 예, 그렇습니다. 저는 원조 교제를 했습니다. 아버지는 돌아가시고, 어머니는 온종일 식당에서 일하십니다. 가난한 집이 너무 싫었습니다. 남들처럼 예쁜 옷도 사고 친구들이랑 놀아 보고도 싶어서 그랬을 뿐인데……. 돈에 눈이 멀어 저질러 버리고 말았습니다. 저도 잘못이라는 것은 압니다. 하지만 다들 모르길 바랐는데……. 주변의 시선이 너무 두렵습니다.

박소희, 그대로 자리에 앉아서 엎드린다.

친구 2: (살짝 불안한 눈치) 야, 들은 거 아냐?

친구 1: 들으면 뭐 어때, 쪽팔린 건 알아야지. (박소희를 바라보며 비꼰다.) 야, 원조.

친구 2: (비웃으며) ㅋㅋㅋㅋㅋㅋㅋ 어우 야, 하지 마. 불쌍한 인생. 쯧쯧.

　　수업 종이 치고 교사가 걸어 들어온다. 교사, 교탁에 몸을 기대고 교실을 둘러본다.

교사: (박소희를 바라보며 비꼰다.) 소희는 아침부터 자네. 어제도 밤새 일했나 봐?

　　아이들이 몰래 킥킥대고, 박소희, 고개를 살짝 들어 김용기를 노려본다.

교사: (박소희 옆으로 걸어가며) 아휴~ 무서워라. 그래, 자는 데 깨워서 미안해. 오늘도 푹 자고 밤에 돈 벌러 가야 할 텐데, 내가 잘못했다.

　　아이들, 이젠 대놓고 박장대소한다. 박소희, 책상을 치고 밖으로 나가 버린다. 웃음은 끊이질 않는다.

교사: 쯧쯧, 너희는 꼭 좋은 대학 가서 저러고 살지 마라.

아이들 모두: 네~.

교사: 자, 이제 수업 시작하자. 오늘은 낙인 이론에 대해서 배울 거야. 낙인 이론이란……

교사, 수업하는 시늉 5초 쯤. 종이 치고, 교사는 나간다. 박소희, 눈물을 닦으며 들어온다.

친구 1: (비웃는 표정으로) 야, 그사이에 또 한탕 하고 왔냐? 돈 쉽게 버네~.

박소희: 닥쳐.

친구 2: 야, 닥치란다. 너 땜에 내가 다 쪽팔린다. 뭐가 그리 당당해?

박소희, 친구 2의 빰을 때린다. 친구 1, 2, 놀라고 친구 1은 뛰어나가 교사와 함께 들어온다. 친구 2는 훌쩍이고 박소희는 씩씩댄다.

교사: 정연아, 괜찮니? 아~ 정말 문제 많다. (비웃으며) 이번엔 학교 폭력이야? 부모님 모셔 와!

불이 잠깐 꺼졌다 켜진 후, 어머니와 박소희가 나란히 앉아 있고 교사는 그 둘을 마주 보며 앉아 있다.

교사: 어머님은 처음 뵙네요?

어머니: 네……. 먹고사느라 바빠서 인사 한번 못 드렸네요.

교사: 아무리 바쁘셔도 그렇지, 자식한테도 신경 좀 쓰셔야죠? 소희가 친구를 때렸다네요?

어머니: 죄송합니다. 얘가 아비 없이 자라서…….

박소희: 그게 무슨 상관이야??

교사: (무시하며) 아무래도 학교 사정을 좀 봐주셔야겠어요. (자퇴서를 내밀며) 징계 내리기 전에 먼저 나가는 게…….

어머니: 네, 그렇게 할게요. 정말 죄송합니다…….

박소희: 내가? 내가 왜 자퇴를 해! 걔네가 먼저 잘못한 건데!

어머니: 조용히 해! 선생님, 죄송합니다.

　　어머니, 박소희를 데리고 밖으로 나간다. 수업하는 장면으로 전환. 박소희 자리엔 하얀 꽃이 올려져 있고 음악이 나온다.

교사: 저번에 어디까지 했지?

친구 1, 2: 낙인 이론이요~.

교사: 그래, 낙인 이론. 낙인 이론은 한 사람의 잘못된 행동 하나로 그 사람의 전체를 평가하고 깎아내리는 거야. 왕따 같은 학교 폭력의 원인이기도 해서 하지 말아야 할 행동 중 하나야. 꼭 외워 놔. 알겠지?

공부에 중독된 한국

서울 아시아퍼시픽국제외국인학교 서지희

　우리나라 학생들은 OECD 국가 학생들보다 일주일에 평균 15시간 이상 더 공부하지만, 학업 성취도는 그들과 별 차이가 없다. 이것을 통해 우리가 알 수 있는 것은 한국이 다른 나라에 비해 공부에 많은 돈과 시간을 쓰지만 노력한 만큼의 결과가 안 나온다는 것이다. 과연 우리는 올바른 방식으로 공부하고 있는 것일까?

　우리나라 학생들은 매일, 온종일 공부만 해서 수면, 단체 생활, 자원봉사 활동, 가족과 보내는 시간 그리고 운동하는 시간이 매우 짧다. 그래서 비만인 학생 수가 빠르게 증가하고 있다. 스트레스를 풀기 위해서 열량이 높고 몸에 안 좋은 불량 식품을 많이 먹는 학생들도 있다. 뚱뚱한 아이들의 수만 증가하는 게 아니다. 학업에 대한 스트레스 때문에 비뚤어지고 가출하는 아이들의 수도 마찬가지로 증가하고 있다. 2003년 OECD의 국제 학업 성취도 조사 결과를 살펴보면, 우리나라 학습 투자의 비효율성을 알 수 있다.

한국과 핀란드를 비교해 보면, 핀란드 학생들은 일주일 동안 수학을 4시간 22분 공부해서 544점을 얻었지만, 한국 학생들은 그 시간의 2배 이상(8시간 55분) 공부를 해서 542점을 받았다. 공부를 더 많이 했는데도 점수는 2점이 더 낮다.

그렇다면 공부한 시간이 너무 아깝다. 일본도 우리랑 별 차이가 없다. 일본은 6시간 22분 동안 공부해서 534점을 받았다. 이 것은 긴 시간 공부한다고 실력과 점수가 늘지 않는다는 것을 명백히 증명한다. 한참 커야 하는 나이의 한국 학생들은 무조건 1등을 해야 한다는 압박감 속에서 거의 매일 서너 시간 정도만 자면서 공부를 한다. 진짜로 한국 사회는 이것이 공부하는 올바른 방법이라고 생각하는 것일까? 오히려 공부에 집중하는 것을 방해하는 게 아닐까? 한국의 불편한 진실은 우리가 가장 열심히 공부하지만 가장 불행하다는 사실이다.

대한민국에서 자녀 한 명에게 쓰는 양육비는 태어난 이후 대학을 졸업할 때까지 22년 동안 2억 6,204만 원에 이른다. 평균적으로 학부모들은 자녀가 유치원생이 되면 월 29만 1,500원, 중학생이 되면 56만 2,800원, 그리고 고등학생이 되면 65만 9,500원을 사교육비에 쓴다고 한다. 한국의 어머니들과 아버지들은 자기 자식을 위해 희생할 수 있는 모든 것을 희생한다. 열심히,

땀 철철 흘리면서 번 돈의 대부분을 자식 교육에 쓴다. 돈 모으는 것에 너무 정신이 팔려서 자녀들이 행복해지는 방법을 가르치지 못하고 자신의 노후를 준비하지 못하는 경우가 많다. 아이들은 부모님에 대한 감사함을 성적표를 통해서 보여 주고, 표현하려 한다. 그렇지만 공부에 모든 것을 바치는 것은 학생과 부모 모두의 정신과 신체 건강에 매우 좋지 않다.

대한민국의 학생들은 분명히 잘못된 방법으로 공부하고 있다. 제일 오랜 시간 동안 공부를 하고, 제일 많이 노력하고, 제일 많은 양의 돈을 쓰지만 우리나라의 아이들이 세상에서 공부를 제일 잘하는 것은 아니다. 교육에 소비하는 시간과 비용이 어마어마하지만, 공부한 만큼 효과를 얻지는 못한다. 효과는 없고, 가족 관계를 망치고, 우울증을 유발하고, 몸이 성장하는 과정도 방해한다면 공부가 우리 삶에 무슨 소용이 있을까? 우리는 이 질문에 대해 깊이 생각해야 한다. 다른 올바른 공부 방법 또한 빨리 찾아야 한다. 그래야만 미래의 아이들이 인생을 망치는 것을 방지할 수 있을 것이다.

시장 지상주의에 대한 고찰 부산 사직여고 김수진

언젠가 마이클 샌델 교수의 『생명의 윤리를 말하다』라는 책을 흥미롭게 읽었던 기억이 있어서 그의 또 다른 책인 『돈으로 살 수 없는 것들』도 읽어 보게 되었다.

사실 우리는 살면서 과연 무엇이 돈으로 살 수 있는 것이고 무엇이 돈으로 살 수 없는 것인지 생각해 보지 않는다. 그런 점에서 이 책은 굉장히 매력이 있는 것 같다. 항상 샌델 교수는 우리가 일상생활에서 차마 생각하지 못했던 여러 가지 문제에 대해 뛰어난 통찰력과 논리로 질문을 던진다.

이 책의 부제는 '무엇이 가치를 결정하는가'이다. 우리가 돈으로 살 수 있는 것과 없는 것을 구분하려면 우선 무엇이 재화의 가치를 결정하는지 알아야 한다고 샌델 교수는 말한다. 그런데 아무리 도덕적 가치가 있고 돈으로 사기 꺼림칙한 것일지라도 경제학적 관점에서 팔려고 하는 사람과 사려는 사람 모두에게 이익이 된다면 거래가 성사되지 않을 이유는 무엇인가? 오늘

날 거의 모든 전통적, 도덕적 가치에까지 침투한 시장 지상주의의 세계에서 모든 것을 돈으로 사려는 행위는 근본적으로 두 가지 문제에 부딪힌다.

첫 번째는 공정성에 대한 반박이다. 돈으로 모든 것을 살 수 있게 된다면 돈이 없는 빈곤층은 더 이상 이 사회에서 살아가기 힘들지도 모른다.

두 번째는 도덕적 관점에서의 반박이다. 비행기 우선 탑승권이나 생명 보험, 야구장 명명권 등을 모두 돈으로 살 수 있게 된다면 (물론 지금도 가능하다.) 이들 재화가 지닌 본래의 목적, 가치 등을 상실할 수 있다는 것이다. 인간의 품위가 떨어지고, 공공 생활의 가치가 퇴색된 삶은 우리 인류가 바라던 삶이 아닐 것이다.

정말 인상적이었다. 샌델 교수, 그의 생각과 논리의 흐름은 놀랍도록 정연하며 치밀하다. 그의 책은 언제나 사람들에게 깨달음을 준다. 특히 이 책은 시장 경제 중심의 사회를 살아가는 현대인들에게 필독서가 되어 마땅하다고 생각한다. 책을 읽으면서 어렵지 않게 샌델 교수가 제시한 수많은 예시들을 우리들의 일상생활 속에서 떠올릴 수 있기 때문이다. 나 또한 너무나 쉽게 떠올릴 수 있었다. 사실 고등학교에 입학하면서부터 계속 눈에 밟히던 게 있었는데, 바로 우리 학교 계단 옆과 강당 등에 있는 거울들이다. 그 많은 거울들 중 일부는 기업이 무료로 제공한 것들로, 그 대신 거울 한쪽 모퉁이나 상단에 상품 광고가 부착되어 있다. 전교생들은 하루에도 수십 번씩 그 거울들을 지나치며 그 앞에서 옷매무새와 머리를 가다듬는다. 우연히 거울들에 부착된 광고를 본 이후로 그 거울들을 지나칠 때마다 왠지 모르게 기분이 언짢았다. 이 책을 읽고 생각해 보니 그건 도덕적, 인격적으로 성숙한 시민을 양성하는 목적의 학교가 상업적 광고로 '더럽혀지는' 데 대한 거부감이었다. 이때까지 그 불편함의 이유에 대해 생각해 보지 못한 나 역시 그저 시장 지상주의에 익숙해진, 그래서 재화의 도덕적 가치를 분간할 이성을 잃어 가는 존재라는 생각이 들었다.

이에 대해 샌델 교수는 시장 경제를 탓하지도, 합리적인 경제 중심주의적 사고를 하는 경제학자들을 탓하지도 않는다. 문제는 우리들 모두에게 있다. 놀랍도록 성장한 이 시장 지상주의의 사회에서 재화의 의미와 가치를 제대로 파악하지 못한다면 우리는 전통적인 사회 관행, 인간의 품위, 재화의 도덕적 가치를 넘어 인류에게 있어서 더 소중하고 가치 있는 것을 상실할지도 모른다. 아직 늦지 않았다. 시장의 도덕적 한계를 깨닫고 이 윤리적 문제에 대해 전 세계인 모두가 공개적으로 의견을 주고받을 수 있는 토론의 장이 마련되기를, 그리고 더 많은 사람들이

이 책을 읽고 깨달음을 얻어 이러한 샌델 교수의 바람이 이루어
질 수 있기를 바란다.

우리의 미래에 파라다이스가
존재하는가 광주 송정중 신지혜

누구나 한 번쯤은 10년 뒤 혹은 몇 십 년 뒤 우리의 세상이 어떤 모습일지 상상해 보았을 거라고 생각한다. 정말 우리가 꿈꾸던 것처럼 순간 이동을 할 수 있고, 우리가 굳이 손대지 않아도 로봇이 자동으로 우리의 생각을 인식하고 모든 일을 해결하는 그런 미래를 말이다. 나 역시도 그런 미래를 꿈꿨었다.

내가 30살 정도 되면 정말 지금 상상하는 것처럼 불가능하리라 믿었던 모든 것이 실현될 거라, 항상 꿈꿨었다. 하지만『파라다이스』라는 책은 나에게 매우 신선한 충격으로 다가왔고, 생각의 전환점이 되었다.

어쩌면 우리의 미래는 우리가 생각하는 것보다 책『파라다이스』에서 말하는 '미래'에 더 가까울지도 모른다는 생각이 들었다. 21세기 사회는 환경 문제로 아주 골머리를 앓고 있다. 무분별한 산림 파괴와 온실가스 배출 증가로 오존층이 파괴되었고 지구의 온도도 점점 높아져 멸종되는 동식물의 수 역시 늘어나고 있다. 『파라다이스』에서는 우리의 세상을 더 극단적으로 묘사하고 있다. 오존층이 조금만 더 파괴된다면 인간이 살 수 없게 되기 때문에, 환경을 파괴하는 사람들을 교수형에 처하고 이동 수단으로는 투석기를 이용한다.

이 책의 주인공은 사립 탐정이다. 그런데 어느 날 주인공에게 한 여자가 나타나 환경 파괴범인 자신의 아버지를 설득해 달라고 부탁하고, 남자는 그 여자에게 빠져 그것을 거절하지 못하고 받아들인다. 결국 여자의 아버지를 설득하러 간 주인공은 여자의 아버지에게 환경을 파괴하는 행동을 권유받고, 그 행동을 해주면 앞으로 환경을 파괴하는 행동을 멈추겠다는 말을 듣게 된다. 그 말에 넘어간 주인공은 환경을 파괴하는 행동을 저지르게 되고, 그 쾌락을 알게 돼 환경을 파괴하는 행동을 멈추지 못하고 결국은 잡혀가게 된다.

이 책에서 가장 인상적이었던 장면은 바로 환경 파괴범들이 교수형에 처해지는 장면이었다. 환경 파괴를 했다는 사실 하나만으로 교수형에 처해지는 것, 아마 앞으로 환경 오염이 더 심각해진다면 이런 일도 충분히 일어날 수 있으리라 생각하니 더 소름이 끼쳤다. 내가 이 책의 상황에 처해 있다면, 내가 지금 무심코 하고 있는 행동들이 교수형 감이라는 것 역시 나에게 큰 충격을 주었다.

또한 『파라다이스』는 쾌락을 추구하는 인간의 본질적인 모습을 가장 잘 묘사하지 않았나 싶다. 주인공의 아버지는 환경 파괴범들에 의해 죽임을 당하였지만, 주인공도 환경을 파괴하는 행동을 하고 나서 그 쾌락에서 벗어나지 못하고 결국은 죽임을 당하게 된다. 에스키모들이 늑대를 사냥할 때에 칼에 피를 바르고 그걸 바닥에 꽂아 놓는다고 한다. 그러면 늑대가 혈 향을 맡고 다가와 그 칼을 핥는다고 한다. 그 칼을 핥으면 핥을수록 혀가 칼에 베여 피가 흘러나오지만 늑대는 다시 그걸 핥아 먹는다. 그 행동을 반복하기를 수십 번, 결국 늑대는 죽음을 맞이한다. 여기서 늑대는 주인공 그리고 환경 파괴범들과 굉장히 많이 닮아 있다. 자기가 죽을 것을 알면서도 피를 핥는 쾌락에서 벗어나지 못하고 계속 칼을 핥는 늑대와 죽임을 당할 것을 알면서도 그 쾌락에서 벗어나지 못하는 인간과 환경 파괴범들, 이런 모습은 지금 우리 현대 사회에도 잘 드러나 있다.

이 책에서는 지금 당장의 쾌락에 빠져 앞에 다가올 현실을 직시하지 못하는 우리들의 모습을 거울에 투영하듯 담아내었다. 정말 우리는 당장의 편리함에 빠져 환경 오염이 된다는 것을 알면서도 모든 것을 쉽게 쓰고, 또 쉽게 버린다. 일회용 젓가락, 그리고 비닐과 같은 것을 우리는 너무 당연한 듯이 사용한다. 하지만 우리가 지금 생각해야 할 것은 편리함이 아니라 우리의 미래와 우리의 자손들이며, 우리는 그들을 위해 절제해야 한다.

이 책은 정말 있을 법한 미래를 묘사하면서 우리가 지금처럼 계속 환경을 파괴한다면, 이 책의 내용이 현실이 될 수 있다고 우리에게 경고하고 있다. 나는 우리가 미래에 대한 막연한 기대를 품고, 과학의 발전만 이룰 것이 아니라 우리 자연환경을 사랑하고, 또 보존해야 한다는 것을 느꼈다. 우리가 지금처럼 환경을 파괴한다면 우리 미래에 과연 우리가 꿈꾸던 이상향, 파라다이스라는 것이 존재할까?

나는 우리가 이처럼 계속 환경 오염에 대해 무지하다면 우리의 미래는 파라다이스가 아닌, 이 책처럼 극단적인 미래일거라고 생각한다.

차별 없는 세상으로 강원 강릉 경포여중 정현빈

　우리 주변에서 일어나는 차별을 만화로 표현한 책 『십시일反』에는 열 명의 만화가가 그린 개성적인 만화가 수록되어 있어 상당히 눈길을 끈다.

　분노, 동정, 슬픔, 공감. 이것들은 이 책을 읽고 난 후 든 감정들이다. 이 책은 우리 주변에서 얼마나 많은 차별이 일어나는지 깨닫게 해 준다.

　뇌성 마비 1급 장애인인 준이 엄마는 자신을 학대하는 남편과 이혼하고 혼자서 돈을 벌고 있다. 나라에서 주는 보조금 28만 원은 소득이 있으면 받을 수 없기 때문에 길거리로 나와서 시위를 한다. 남편에게서 아들을 찾아오기 위해, 병원비를 벌기 위해 계속해서 노력하던 준이 엄마는 결국 죽고 만다. 책에 나온 장애인에 대한 법들은 너무 불공평하다. 소득이 없는 사람들에게 한 달에 28만 원은 병원비를 빼고 나면 얼마 남지 않는 적은 돈이다. 그 돈으로 생활해야 하는 장애인은 몸이 불편해서 살 수 없는 것이 아니라 사회가 그들은 따뜻하게 보살펴 주지 않아서 살 수 없는 것이다. 이것은 이들이 좀 더 행복해질 수 있도록 더 많은 노력을 기울여야 하는 정부와 나라가 그러지 못하고 있음을 보여 준다.

실제로 우리 사회에는 장애인 차별이 많이 일어난다. "장애인 당사자로서 차별이 너무 많아서 나열할 수도 없네요. 지금 컴퓨터 앞에서 눈을 감고 화장실까지 걸어가 보세요. 알 수 있을 겁니다." 이 글을 본 순간 깨달았다. 차별은 거창한 것이 아니라 우리 주변에서 흔히 일어나는 것이라고. 이 책의 추천 글에는 이렇게 쓰여 있다. "소비 능력이 없거나 부족한 사람은 박탈감을 느끼는 정도에서 머물지 않고 아예 사람대접을 받지 못한다. 흔히 말하듯 가난은 그 자체로 이미 죄가 되었다. 죄진 사람에게 인권이 무슨 대수인가." 이렇게 우리는 우리와 다른 사람을 그저 우리랑 다르다는 이유로 차별한다.

장애를 가진 엄마에 대한 아들의 마음이 나타나 있는 구절을 소개해 보겠다. "엄마…… 나 안 갈래. 나 여기서 엄마랑 살면 안 돼? 내가 엄마 많이 도와줄게." 잠깐 엄마 집으로 놀러온 준이가 하는 말이다. 하지만 엄마는 준이의 생활이 불편할까 봐 준이를 아빠에게 보낸다. 준이는 아직 9살밖에 안 된 어린아이이다. 엄마의 손이 한창 필요할 때이지만 준이는 그런 보살핌을 받지 못

한다.

우리 사회에 부모님이 이혼하고, 한 부모에게 폭행을 당하며 사는 아이는 얼마나 많을까? 그 아이들의 심정은 어떨까? 이런 아이들을 위해 내가 무엇을 할 수 있을까? 내가 이 책을 읽고 나서 든 생각이다. 하지만 곰곰이 생각해 보니 내가 이런 아이들을 위해 해 줄 것은 적지 않았다. 보호 시설에 가 있는 아이들과 놀아 주고 공부를 가르쳐 주는 것, 이런 것들이 모여 사회가 바뀌는 것이다.

나는 매주 오성 학교에 가서 봉사를 한다. 장애인 친구들과 운동도 하고 요리, 만들기를 하면서 주말의 일부분을 보낸다. 그들과 함께 지내 본 사람은 안다. 우리와 그들은 다른 것이 없다는 것을. 그곳의 선생님들은 이런 차별들을 헤쳐 나가는 훌륭한 분들이다. 선생님들은 자신과 조금 다른 친구들을 우리와 똑같이 대한다.

우리 사회는 이런저런 차별들을 더욱 부추기고 있다. 우리 사회는 경쟁 사회이다. 이런 사회 속에서 우리 학생들은 철저한 주입식 교육, 암기 위주의 교육을 받고 경쟁의식이 더욱 심해진다. 학생이란 신분에서 가장 가까이 경험할 수 있는 학습에서 조차 우리는 우리도 모르는 사이에 마음속 차별 의식을 깨우고 있는 것이다.

십시일反. 원래 십시일 '반'(飯)의 의미는 '열 사람이 한 술씩 보태면 한 사람 먹을 분량이 된다.' 즉, 여러 사람이 힘을 합치면 한 사람을 돕기는 쉽다는 뜻이다. 이 책의 여는 글에 이렇게 쓰여 있다. "열 명이 모여 만든 책 한 권으로 차별에 맞서겠다는 의도다." 열 명은 우리들의 편견과 이미 굳을 대로 굳어 무감각해진 습관들을 바꾸기에는 턱없이 적은 수이다. 하지만 책을 읽은 모든 사람의 얼어붙은 마음을 녹인다면 언젠가 십시일반이 아니라 십시십반의 결과를 낳을 날이 올 것이다.

난쟁이가 난쟁이에게 강원외고 김수환

처음 책을 접한 독자라면 『난쟁이가 쏘아 올린 작은 공』을 진보적인 작가가 쓴 신작 소설 정도로 생각할지도 모르겠다. 딱 그만큼 소설 속 그들의 삶은 현실 속 우리의 삶과 닮았다. 지나치게 닮았다.

사실이 그렇다. 70년대 우리 사회가 지니고 있던 문제들은 수십 년이 지난 지금에도 조금도 나아진 것처럼 보이지 않는다. 비인간적인 노동 환경, 철거민, 빈부 격차, 인간성의 상실……. 오늘날에도 신문 앞머리에서 어렵지 않게 찾아볼 수 있는 말들이다. 그때나 지금이나 우리는 모두 난쟁이다.

엄마는 내 목소리가 굵어지기 시작할 즈음 직장을 가졌다. 대한민국에서 제일 잘나가는 바로 그 보험사의 파견직 여직원이었다. 엄마는 매일 아침 나를 깨워 밥을 먹이고 서둘러 집을 나섰다. 엄마는, 나와는 달리 한 번도 회사에 늦은 적이 없는 부지런한 사람이다. 밤마다 이유 모를 두통에 쩔쩔매면서도 아파서

일을 쉰 적은 없었다. 아파도 쉴 수 없었다.

　고용주는 언제든 엄마를 해고하고 젊고 예쁜 여사원으로 그 자리를 채워 넣을 수 있었다. 엄마는 옆자리 여사원보다 두 배는 많은 업무를 처리하고 세 시간이나 늦게 퇴근했지만 매달 받을 수 있는 돈은 정직원 봉급의 정확히 반이었다. 그럼에도 엄마는 분노할 줄 몰랐다. 오히려 젊지 않은 나이에 번듯한 직장을 가질 수 있음에 고마워했다. 나는 그 돈으로 학원엘 다니고 옷을 사 입었다.

　수년간의 직장 생활 동안, 엄마는 정말 눈에 띄게 야위어 갔다. 직장을 다니기 전의 엄마는 요리를 좋아하고, 또래 엄마들 사이에서도 유난히 젊어 보이는 여성이었다. 그러나 이제야 조금 철이 들어 바라본, 아닌 내려다본 엄마의 얼굴엔 어느새 주름이 자글자글했다. 아닌 게 아니라 키가 유난히 작은 엄마에게서 난쟁이의 모습이 보였던 것이다.

　난쟁이의 삶은 나에게도 마찬가지였다. 세상 모든 이를 거인과 난쟁이의 두 부류로 나눈다면, 나는 항상 난쟁이의 편이었다. 원체 키가 작기도 하지만 누군가를 지배하고 명령하기보다는 복종하고 따르는 집단에 속했던 것이다. 거인과 난쟁이만 있고, 사람은 없다.

　난쟁이들의 투쟁은 결국 비극으로 끝난다. 그럼에도 그들이

전하는 메시지는 여전히 우리 사회에 유효하다. 저자는 『난쟁이가 쏘아 올린 작은 공』이 여전히 읽히는 현실이 슬프다고 했다. 언제쯤 난쟁이들이 사람답게 살 수 있는, 그래서 이 책이 더 이상이 읽히지 않을 날이 올까. 어쨌든, 난쟁이는 우리를 향해 공을 쏘아 올린 셈이다. 우리는 그 공을 기꺼이 받아 내야 한다.

마음으로
전하는 글

2014년 4월 17일 모둠 일기

경기 안양 관양중 정수렬

기적은 가장 간절할 때 생긴다.
간절하지 않을 때는 기적이 일어나지 않는다.
그 기적이 이번에는 확실하게 이름값을 했으면 한다.
어제 제주도로 향하던 여객선이 침몰했다.
그 안에는 수학여행을 가는 고등학생들과 일반인 승객들이 타고 있었다.
안타깝고 슬프다.
계속 사망자 수가 늘고 있다.
사람들의 간절함이 부족해서 아직 기적이 일어나지 않는 것일까?
언젠가 기적은 일어날 것이다.

세월호에 전북 완주 삼례여중 김수빈

나라도 나아가서 너에게 물어보면
무슨 말 알아 올까 진실이 돌아올까
저 하늘 연꽃잎들은 이슬 젖어 떨어지네

세월 충북 증평여중 임시은

바닷물을 따라 흘러간다
세월이 흘러간다

우리 아이가 가라앉듯이
우리 마음도 가라앉는다

차가운 바다 안 배
그 안에서 이러지도 저러지도 못한 채

소리 없는 소리만 질러 본다
밥은 잘 챙겨 드실까 매일 우시지는 않을까

내 걱정 때문에 잠은 잘 주무실까
혹시라도 걱정하시지는 않을까

엄마 아빠 그동안 속 썩여서 죄송해요
다음 생에도 다시 만나요

세월호에서 죽어간 영들을 위하여

침묵 서울 신목고 최부겸

조용한 바다 위에 덮인 달빛
가다가 길 잃지 않게 노란 리본 하나 묶어 준다.
끝내 내 님이자 혹은 부모이자 소중한 벗인데
못내 아쉬운 마음으로 그들을 보낸다.
먼저 가 버린 그들을 위해
소리 있는 침묵을 외친다.

바다 부산 대덕여고 정세윤

혼자 찾은 바다는 광포했다.
소용돌이치는 파도가 감아올리듯 굽이치며
흰 거품을 만들어 내었다.
영원한 푸르름.
그것은 누군가에게는 삶의 요람이 되었으나
또 누군가에게는 묘비 없는 무덤이 되었다.
그 얼마나 많은 목숨들이
시린 푸르름 속에 얼리어 생을 마감하였던가.
스스로를 타이른다.
인간은,
인간이기에 바다가 될 수 없다고.
하염없이 바다를 닮아 가는 것,
그것이 인생이라고.

나에게 초능력이 있다면 경남 거창중고제분교 김민지

시간을 거슬러 올라갈 수만 있다면
진도 체육관 울리는 통곡 소리 잠재우고
팽목항 노란 리본 눈물바다 쓰다듬고
저 차디찬 바다 속 웅크리고 울고 있는
언니, 오빠들의 눈물을 닦아 내고
시간을 거슬러 올라갈 수만 있다면
세월호 부당 증축 철퇴로 내리치고
평형수 빨아먹은 검은돈 불사르고
만약 나에게
시간을 거슬러 올라갈 수 있는
초능력만 있다면

세월호, 그 이후 경기예고 이윤정

일순, 바람이 일었다.
향초를 피운 방 안, 쌉쌀한 것들이 코끝을 간질였다.
지면의 연기들이 구름처럼 뭉글거리며, 뭉그적거리며
도시를 돌았다.

한 치 앞도 보이지 않았다.
추모객은 도시로 줄 세워져
앞다투어 나를 지나쳤다.
윙윙, 웅성거리는
형체 없는 소리만이 들렸다.

나는 한 치 앞도 보이지 않았다.
도시에 안개가 끼었다.
도시가 구름 같은 옷을 입었다.

세월호와 나 충남 천안여고 김주연

　내가 '세월호'라는 배가 침몰했다는 소식을 들은 것은 4월 16일 점심을 먹을 때쯤이었다. 지나가는 다른 반 아이로부터 배가 가라앉았다는 소리를 들었지만 나는 이를 아무렇지 않게 여겼다. 그리고 후에 누가 나에게 직접 배가 침몰했다고 말했다. 하지만 나는 그때까지도 대수롭지 않게 여겼다. '배가 침몰했구나.' 딱 그 말만 머릿속에 들어왔다. 마음이 움직이지 않았던 것이다.

　그리고 평소와 다르지 않게 야자를 하고 통학차를 타고 집에 갔다. 할머니, 아빠, 엄마 모두 TV 앞에 앉아서 뉴스를 보고 계셨다. 가방을 잽싸게 던져두고 텔레비전 화면을 바라본 나는 깜짝 놀라 그 자리에 가만히 있을 수밖에 없었다. TV 화면에는 파도가 일렁이고 있는 검은 바다 한가운데에 배의 앞쪽 부분이 고개를 들고 있는 장면과 구조자 명단이 나오고 있었다. 뉴스 내용은 수학여행을 가려던 단원 고등학교 2학년 학생들이 참변을 당했다는 것이었다.

어린 시절을 안산시 단원구에서 보냈던 나는 혹시나 어렸을 적 한 번쯤 마주쳤을 법한 아이들이 아직 다 구조되지 못했다는 자막을 보고 아무 생각도 나지 않았고, "어떡해, 어떡해."라는 말만 중얼거렸다.

학생들뿐만 아니라 일반인 승객들의 안타까운 소식도 잇따랐다. 여섯 살짜리 아이가 오빠가 건네준 구명조끼를 입고 구조됐지만 가족들을 아직 찾지 못했고, 어느 승무원 언니는 끝까지 승객들을 대피시켰지만 정작 자신은 차갑게 발견되었다. 그래도 이때까지는 남은 인원이 조금이라도 더 구조될 것이라는 희망을 품었었다.

하지만 하루하루가 지나도 구조자 수는 한 명도 변하지 않았고 희망이 점점 우울함으로 바뀌어 갔다. 그 우울함이 학교 전체를 덮었고 나아가서 사회도 덮어 버렸다. 우울한 날이 계속되었고 어느새 우울은 분노로 바뀌었다. 혼자 살겠다고 나온 선장, 대피하라는 안내는커녕 대기하라고 방송한 직원들, 이익 증가를 위한 과적과 기름값을 절약하기 위한 무리한 루트 선택, 생존자를 구해야 하는 절박한 시간을 낭비하며 책임을 회피하는 해경, 부조리하게 부를 축적한 기업, 그리고 기업의 실세 회장, 기업과 밀접히 연결된 정치계 인사들. 세월호 사고는 세월호만의 문제가 아니었다.

우리 사회를 지탱하는 다리가 쥐들에게 조금씩 갉아 먹힌다. 그러다 다리가 부서지기 시작한다. 부서진 부분을 가리기 위해 겉에만 시멘트를 조금 발라 놓고 페인트칠을 한다. 그런 상태로 오랜 시간이 지나면 손을 쓸 수 없게 되고, 다리는 결국 무너져 버린다.

눈 가리고 아웅 식으로 부서진 부분을 덮어두려고 하지 말자. 부서진 부분을 낱낱이 해부해 모든 사람이 볼 수 있게 하여 다시는 무너지지 않게, 그렇게 기초부터 바로잡아야 한다.

누군가 그랬다. 세월호는 우리 사회의 염증들이 곪아 터진 결과라고. 이게 결과의 끝은 아닐 것이다. 나는 이 부실한 사회를 튼튼하고 정직하게 변하게 하기 위해 구성원인 나부터 움직여야겠다고 생각했다. 내 움직임이 바로 내일의 미래를 바꾸지는 못하겠지만, 1년 후에도 30년 후에도 내가 살아갈 세상을 위해 고민해 보자. 무엇이 옳고 그른지, 어떻게 바뀌어야 하는지.

마음으로 전하는 글

인천진산과학고 강신우, 김노은, 신채희, 이효주, 한준희

받는 사람

경기도 안산시 단원구

416 가족협의회

벌써 세월호 사건이 발생한 지 200일이 넘었네요. 그 당시는 정말 암울했습니다. 밤새 울던 생각만 하면 다시는 이런 일이 일어나서는 안 되겠다는 생각만 듭니다. 같은 또래인 친구들을 잃었다는 생각에, 많은 학생들을 구하려다 목숨을 잃으신 선생님들 생각에 교사가 꿈인 저는 아직도 마음이 찢어질듯 아픕니다. 죄송합니다. 저희가 이런 편지밖에 보내 드리지 못한다는 점이 매우 안타깝고 죄송스럽습니다. 다시는 이런 일이 일어나서는 안 되겠다고 생각하며 이만 마치겠습니다. 　　　　　신우

요즘 날씨가 추워지고 있는데 몸 건강히 안녕하신가요? 아무리 추워도 그날의 마음만큼, 그리고 지금까지의 마음만큼 시리

진 않겠죠. 길고도 짧은 시간이 흘러 수능 날짜가 다가오지만 마음이 편치 않습니다. 제 마음이 이런데 가족 분들의 마음은 어떠실지 상상조차 안 됩니다. 제 이 보잘것없는 편지와 마음이 조금이라도 위로가 되었으면 좋겠습니다. 언제나 잊지 않고 기억하겠습니다. 몸과 마음, 모두 건강하시길 바랍니다. 힘내세요.

노은

저는 18살 동생을 둔 19살 고등학생입니다. 제 동생과 같은 나이의 학생들이 이런 안타까운 일을 당한 걸 알고 눈물이 났습니다. 교실에서 그 아이들이 살아 돌아오길 빌고 또 빌었지만 기도가 부족했나 봅니다. 이렇게 아이들을 천국으로 데려간 무심한 하늘이 너무나도 원망스럽습니다. 그 바다는 우리에게 영원히 슬픈 바다로 남을 것 같습니다. 실종자 한 명 한 명을 찾아낼 때마다 '그래도 그리운 가족 품에 돌아왔구나.' 하고 슬픔이 한 움큼 사라집니다. 그 아이들이 천국에서라도 못다 한 꿈을 이뤄 내고 우리가 슬퍼하는 만큼 행복해졌으면 좋겠습니다.

채희

사건이 일어난 날을 아직 기억하고 있습니다. 세월호 사건을 처음 접했을 때는 큰일이 아닌 줄 알았습니다. 모두 구조되었다는 말을 듣고 다행이라고 생각했습니다. 야간 자율 학습을 끝내고 집에 오는 길에 핸드폰을 잃어버려 가족들과 연락이 되지 않았습니다. 핸드폰을 찾고 집에 갔더니 엄마가 걱정 많이 했다며 속상해하셨습니다. 이렇게 잠시만 자식과 연락이 되지 않아도 부모님은 걱정뿐인데 앞으로 영영 자식을 보지 못하는 슬픔을 제가 헤아릴 수는 없을 것 같습니다. 헤아릴 수 없는 큰 슬픔으로 시련을 겪고 계시지만 조금만 더 힘을 내어 하루하루를 보냈으면 좋겠습니다. 기억하겠습니다. 세월호…….

효주

200일이 지나서야 드디어 특별법 합의가 이뤄졌다는 소식을 듣고 기쁨 반, 분노 반이었습니다. 세월호에 대해 진상 조사를 명확히 할 수 있다는 것에 기쁨을 느꼈지만, 이제야 조사가 시작되는 것에 대한 정부의 무책임에 화가 났습니다. 200일은 너무도 길었습니다. 꼭 진실을 찾길 바랍니다. 그리고 같은 고등학생으로서 선뜻 이 일에 동참하지 못한 것에 양심의 가책을 느낍니다. '수능'이란 구차한 변명으로 마음으로만, 말로만 동정을 느낀 것이 죄송하고 안타깝습니다. 지금도 편지라는 부질없는 것으로 때우고 있어 죄송합니다.

준희

글 선정에 도움을 주신 선생님들

이름	지역	학교	이름	지역	학교
강애라	서울	미양중학교	이대현	경남	양산여자고등학교
김건량	전남	포두중학교	정대승	충남	홍성여자고등학교
김남극	강원	강릉제일고등학교	조선미	경기	안화중학교
김영석	인천	선학중학교	차용훈	전남	안좌고등학교
김형우	광주	고려고등학교	최귀연	경기	비룡중학교
문상미	제주	제주사대부속고등학교	최우혁	경북	울진고등학교
박채형	대구	수성중학교	하재일	경기	중산고등학교
안미희	서울	금옥여자고등학교	한명숙	강원	인제중학교
안세봉	울산	울산외국어고등학교	홍남식	서울	송곡고등학교
오정오	충북	청산중학교	홍은주	경기	수성고등학교
이강산	대전	신탄진중학교			

학생들의 글쓰기를 지도해 주신 선생님들

이름	지역	학교	이름	지역	학교
강봉원	광주	송정중학교	성혜영	부산	구남중학교
강상원	부산	대덕여자고등학교	신수경	전남	광양여자중학교
강혜순	전북	정읍고등학교	안수희	인천	인천안남중학교
고영아	경남	김해분성고등학교	양윤복	부산	사직여자고등학교
고진아	인천	인천진산과학고등학교	엄혜은	경기	한수중학교
공남희	서울	아시아퍼시픽국제외국인학교	오은진	경남	안의고등학교
곽진경	강원	경포여자중학교	유동숙	경기	삼괴고등학교
권순희	대구	시지중학교	유종헌	서울	청원여자고등학교
권재성	부산	학산여자중학교	이상균	부산	부산동고등학교
김대이	대구	경북여자고등학교	이성숙	경기	경기예술고등학교
김대희	경남	함양중학교	이수정	경기	양일고등학교
김명원	강원	강원외국어고등학교	이승희	충남	천안월봉고등학교
김미연	부산	감천중학교	이이주	울산	울산중앙여자고등학교
김미영	광주	장덕고등학교	이인호	충남	천안청수고등학교
김미영	광주	수완중학교	임승혜	울산	학성고등학교
김순희	전북	군산영광중학교	전소연	경기	양일고등학교
김영주	강원	평창고등학교	전현철	전남	목포혜인여자고등학교
김월숙	전북	삼례여자중학교	정은강	부산	부산여자고등학교
김은혜	충남	천안여자고등학교	정진우	경기	중산고등학교
김재숙	경기	관양중학교	정호준	충남	태안고등학교
김태광	서울	용문고등학교	조선희	충북	증평여자중학교
김향숙	전북	전주여자고등학교	조숙경	인천	인천남동고등학교
김형옥	충북	상촌중학교	조유미	강원	강릉고등학교
노은주	경남	남해고등학교	조진섭	부산	장안제일고등학교
노효근	경기	부곡중앙고등학교	진현정	인천	계산중학교
민혜숙	충남	쌘뽈여자중학교	천세웅	경기	양곡고등학교
박두원	인천	서도중학교	최금남	부산	신선중학교
박애자	전남	남악중학교	최민화	전남	벌교여자고등학교
박정진	광주	양산중학교	최재만	경기	흥진중학교
박진영	충북	원봉중학교	최정원	인천	영흥중학교
박충환	인천	산마을고등학교	한금순	제주	남녕고등학교
서은지	경기	서정중학교	홍완선	경기	교하고등학교
서정연	서울	신목고등학교	황영숙	강원	원주여자고등학교

말도 좋아해. 축구도 좋아해. 처음에라도
튀는 좋구나는 거 같아?
하여튼 내 오 진심이라 너한테 말해서 ^^
앞으로 내가하는게다 나쁜게 널 1년 연고나지않니?
— 민혁 —

안녕 성현정난 가져 같은 웃음 는 내가
대식기면 253 추ㅁ니네
— 민수 —

웨이런 덜 삐져서 그런건가
무슨 름이나니 남고 너무른
딱 신고가 가다!! 3학

같은아들 친구 안녕!!
앞으로 좀 삐지지마
너 실어서 그러는거 아니니깐
그냥 장난치면 장난으로 받아줌으레
— 민화 —

항상 받고 활발하게
마음만큼은 예쁜 거야!
하수 에격메격 할 때도 있겠는
내 맘알지! 근데 장난이면
나는에 영하게지 아쫄 ㅋㅋㅋ
PS. 진보 우무른다. 제독.
— 김해원 —

나만큼 예쁜소
너 됩쳐진옷
짐난 서 성이던 줴
펄은를 ㅎㅎ 슬음.

내가 거웅아서넣었는 자꾸받어여서 그머우
자꾸짖지짖 너 토통으로 너무컴담너 식!!
우레 앞으로도 친혜계지 내가 —죽죽—

중학교 때는 말도 돼하고
자빌연 것 같은데 고등학고
올라와서 도군 아섭다@@
내년에는 잘 지내자 ^ㅇ^ —마련—

중학생일 08년 서3
다툴도 않앉기는 지금은 좋은 친구지 ㅋㅋ!
근데 때려라건 좀 줄여주변 좋겠고. —이은수—
내 기분 계속 논거 알아주고 이해해주레줄게 정말 곤에네드 고마

댕낙 삐지지만 공뷰 포레
나대니양샤본 너가 이어 너도 생혀해가
감 맹랑다. 너가 우론트 몽목 이겨내가
가… — 현연이 —

내가 만난놀레아이안싸네
너가 그래도 너가 그러신이서 거
아진?2유ㅅ 앞으로 역심잡람!!
— 재현뭐니가 —

운동른 작하는 경승이
너가 원하는 목쑈른 탁십히 넘어
꿈이뤄 !